JN139975

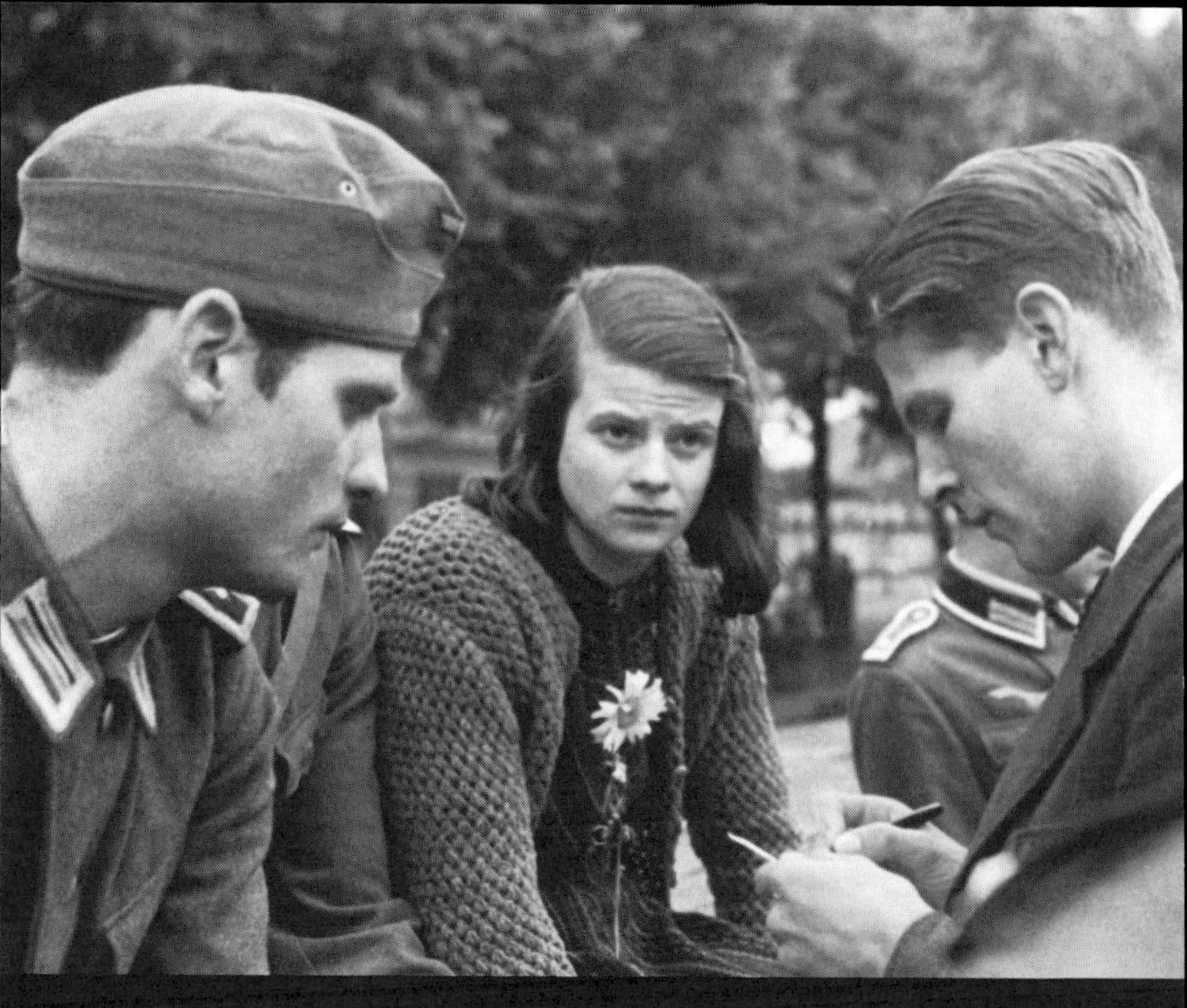

正義の声は消えない

反ナチス・白バラ抵抗(ていこう)運動の学生たち

ラッセル・フリードマン
渋谷弘子［訳］

扉写真：ナチス政権下のドイツで、学生たちによる白バラ抵抗運動を始めたハンス・ショル、ゾフィー・ショル、クリストフ・プロープスト、1942年7月、ミュンヘン。

ダイナ・スティーブンソンにささぐ

もくじ

この本の舞台とナチスドイツの侵略

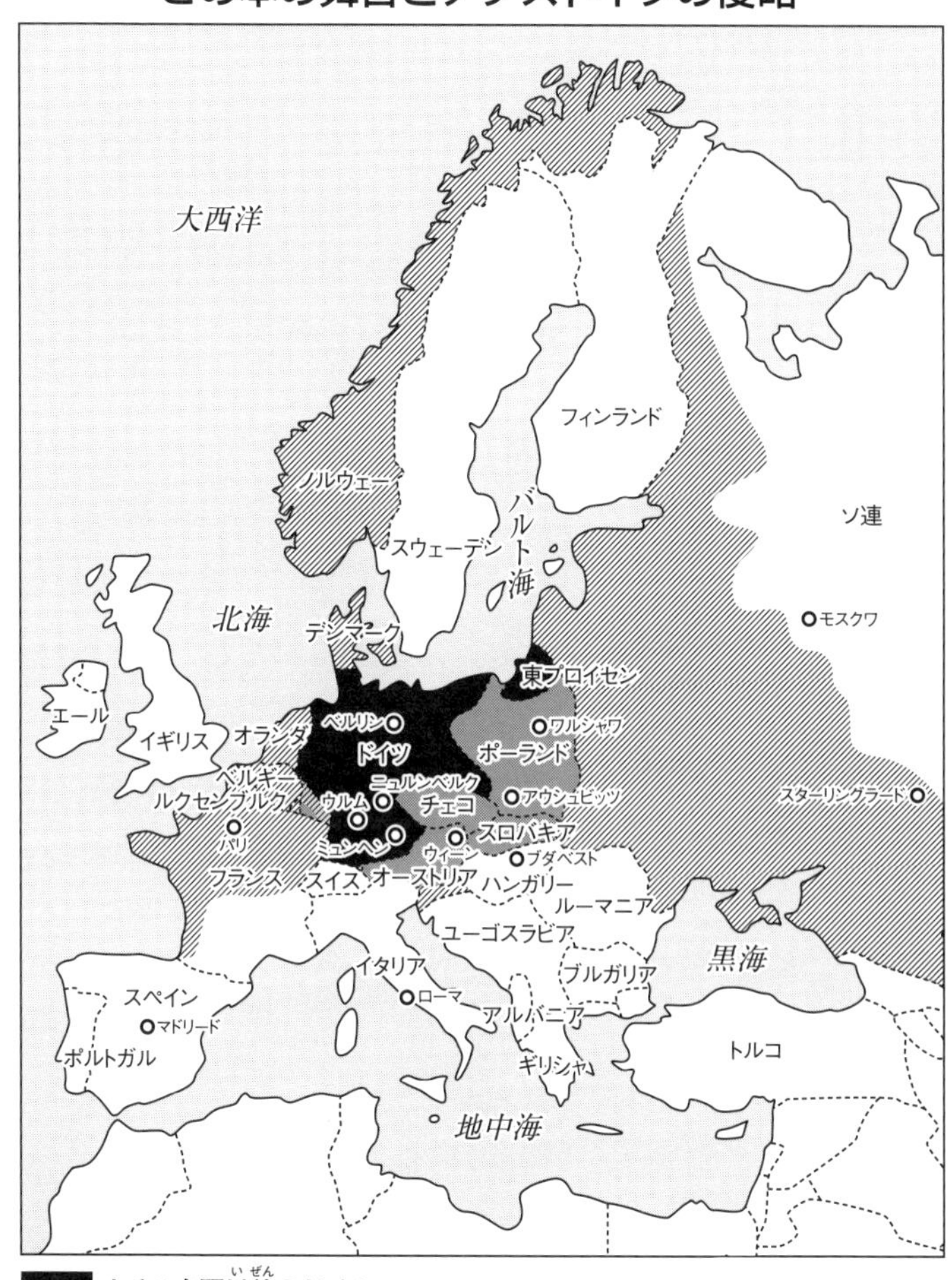

■ ナチス台頭以前のドイツ

■ ナチスが1939年までに支配した地域

▨ ナチスの最大支配地（1943年ころ）

はじめに

第二次世界大戦が三年目に入った一九四二年、ナチスドイツのいたるところで、郵便受けになぞのビラが入り始めた。手に取った人は封筒を開け、ビラを取り出し、ひと目見るなり、こわごわふり返ってあたりを見回し、だれにも見られていないのを確認する。用心するにこしたことはない。国家に反対するビラなど手にしていたら、国家の敵とみなされ、強制収容所送りになりかねない。それだけではすまないかもしれない。

蠟引きの原紙にきれいにタイプされ、謄写機と呼ばれる手動の印刷機で印刷されたビラには、「白バラのビラ」という見出しがつけられていた。ビラは、ナチスを「悪の独裁政権」と批判し、アドルフ・ヒトラーをうそつきで神を冒瀆していると強く非難、今こそ立ち上がり、ナチス政権を倒そうとドイツ国民に呼びかけていた。

国民に行動を起こすように呼びかけるこのビラはいったいどこから来たのか？　白バラとはいったい何者なのか？　かかわっている人物はひとりなのか、複数いるのか？　ナチスの秘密国家警察であるゲシュタポは犯人をつきとめるために特別捜査班を組織した。「すみやかな逮捕」に結びつく情報提供者には報奨金が与えられる。

白バラ捜査はついにナチス発祥の地ミュンヘンにおよんだ。

ドイツのニュルンベルクで開催されたナチ党大会で、太鼓をたたくドイツ少年団（ヒトラーユーゲントの年少者部隊）のメンバーたち。

1　ヒトラーユーゲントに心を奪われて

ハンス・ショルは顔を上げ、正面を見すえて、ヒトラーユーゲント（ヒトラー青少年団）の仲間と肩をならべ、力強く行進していた。

ハンスは父の反対をおし切って、十四歳のときにヒトラーユーゲントの活動に加わっていた。父のローベルトは、ドイツの新しい指導者アドルフ・ヒトラーと、ヒトラー率いるナチ党（国家社会主義ドイツ労働者党）に反対し、「やつらを信じてはいかん。やつらはオオカミのように残忍で、うそつきだ。やがてドイツ国民に対してひどいことをするにちがいない」と子どもたちに警告した。しかし、ヒトラーが、栄光に満ちた未来を築くのは若者たちだとはっきり言っていたので、ハンスは、みずからも祖国のために役に立ちたいと強く思った。

ローベルト・ショルは、「ヒトラーがなんと言おうと、いい結果が生まれるわけがない」と、子どもたちを説得しようとした。しかし、父の主張よりも子どもたちの情熱は強く、子どもたちは思うままに行動した。ハンスが真っ先にヒトラーユーゲントへの加入を決め、続いて姉のインゲ、妹のエリーザベトとゾフィー、最後に末っ子の弟ヴェルナーも加入した。「わたしたちは心も体もヒトラーユーゲントの一員になりました。父がなぜ反対するのかわかりませんでした」とインゲは回想する。

一九三〇年代のドイツで育った若者はみな、ヒトラーユーゲントに心を奪われた。ショル家の子どもたちも例外ではなかった。特別な存在として自分をアピールできる制服、旗を打ちふり、太鼓や歌に合わせ、隊列を整えて行進する若者の姿、団員としての自覚、そして、ハイキングやキャンプ旅行のときのかたい団結力、そのすべてが魅力だった。

インゲは次のように書いている。「祖国ドイツについて、同志とはいかなるものかについて……そして、祖国愛について、わたしたちは心に響く演説を山ほど聞きました。それはもうすばらしく、わたしたちは聞き入ってしまいました……大きな目的のためにささげなければならない、ひとりひとりが非常に重要な役割を担っている……そう言われて、わたしたちの情熱に火がつきました」

最初のころ、加入は個人の自由だった。男の子たちは十歳になると、ドイツ少年団に入ることができ、十四歳になると正式にヒトラーユーゲント（ヒトラー青少年団）の一員となった。女の子たちは十歳でドイツ少女団に、十四歳でドイツ女子同盟に入った。その後、サンスクリット語で「高貴な人」を表す、金髪で色白、背が高く青い目をした「アーリア人」の子孫と証明されたすべての少年少女が、これらの団体に加入しなければならなくなった。加入させない親は、重い実刑判決を受けた。

ユダヤ人（ユダヤ教を信仰する人、また、両親や祖父母のうちひとりでもユダヤ教を信仰したことのある人、とナチスは定義している）の子どもは、そのほかの「劣等な祖先」を持つ子どもたちと同じように、加入を許されなかった。ヒトラーは、「アーリア人」、とりわけ、その典型であるドイツ人こそ、すべての民族の中でもっともすぐれた「支配者民族」であると宣言し、ドイツ人が他の民族を支配するのは当然のことであると考えていた。

ヒトラーユーゲントの団員と会うアドルフ・ヒトラー、1933年。

ヒトラーが権力をにぎったのは一九三三年、ドイツが政治的にも経済的にも混乱をきわめていた時期だった。ドイツは第一次世界大戦（一九一四―一九一八）で敗北していた。勝った連合国―イギリス、フランス、イタリア、アメリカなど―によって決められたベルサイユ条約（第一次大戦の講和条約）は、開戦の責任はドイツにあるとした。ドイツは、非武装化すること、領土の一部を放棄すること、そして、戦争によって破壊されたり失われたりしたものすべてに対する償いとして、多額の賠償金を支払うことを要求された。

多くのドイツ人が、この講和条件は屈辱的で、支払い能力をこえた賠償金は不当だと感じていた。第一次大戦末期に発足した民主的なワイマール共和政は、敵対する五十ほどの政党が、合意点を見いだせず、政権が統治能力を失ったため、混沌とした政争の場となった。

一九二九年に始まった世界恐慌によってドイツは大きな打撃を受けた。多くの失業者が生まれ、物価が急上昇した。国民は仕事を失い、蓄えたお金をすべてなくし

「ハイル・ヒトラー(ヒトラー万歳)!」と叫びながら、最高指導者である総統に敬礼するドイツの国会議員たち、1938年、ベルリン。この写真がとられたときには、ヒトラーはすでにドイツの絶対的独裁者としての地位を確立していた。

た人も多かった。くすぶり続ける屈辱感、怒りと恐怖、経済的困窮と将来への不安、すべてを背景にして、アドルフ・ヒトラーは権力の座にのぼりつめた。

やせこけたヒトラー──黒いちょびひげを生やした第一次大戦時の伍長（下士官の最下位）──の話し方は不安に苦しむ人々の心をわしづかみにした。雇用を生みだし、ドイツに繁栄と軍事力を取りもどすとヒトラーは約束し、回想録『わが闘争』や演説の中で、ドイツ人、あるいはアーリア人はヨーロッパを支配する運命にあると主張した。

ヒトラーは一九三二年七月の選挙で、ドイツの諸問題に対する解決策を持っているのは自分だけだと訴えて有権者に支持され、ナチ党（国家社会主義ドイツ労働者党）を勝利に導いた。褐色のシャツを着た突撃隊──ヒトラーに反対する人たちを脅迫したり殺したりした──に助けられ、ヒトラーは、またたくまにドイツの絶対的独裁者となり、最高指導者を表す「総統」の名で呼ばれるようになった。全国の教室や公共の建物の壁に、ヒトラーの肖像写真がかかげられた。学校に通う子どもたちの一日は、右腕をまっすぐにのばすナチス式の敬礼をして、「ハイル・ヒトラー（ヒトラー万歳）！」と叫ぶことから始まった。総統を批判したり、総統をからかうような冗談をくり返したりしただけで犯罪とみなされた。刑務所に入れられたり、死刑判決を受けたりすることさえあった。

　こうした時代に、ショル家の五人の子どもたちはドナウ川沿いのウルムで育った。ウルムは、ドイツ南部バイエルン地方の山や谷に囲まれた美しい町だ。「ウルム、その名はわたしたちにとっては大聖堂のいちばん大きな鐘の音のように聞こえました」インゲ・ショルは回想している。ショル一家は大聖堂広場に面する大きなアパートに住んでいた。どの部屋の窓からも、広場のむこうにあるウルム大聖堂（十四世紀に建設が始まり、完成したのは一八九〇年。当初はカトリックだったが、ルターの宗教改革によりプロテスタントに改宗した。世界一高い尖塔がある）の尖塔を見ることができた。

　父のローベルト・ショルはウルムに引っ越す前は、ふたつの小さな町の町長をつとめていた。ウルムでは、大恐慌のときでさえ、会計士や税理士として、なに不自由ない暮らしができる収入を得ていた。ローベルトは第一次大戦中に妻となるマグダレーネと知り合った。マグダレーネはドイツ陸軍病院の看護師をしていて、快活で信心深い女性だった。ローベルトは反戦論者だったので、銃を持って戦うことを拒否し、陸軍衛生兵として従軍した。妻はおだやかな口調で話したが、ローベルトは歯に衣着せず言いたいことを口にする性格だった。

　ショル家の子どもたちが「祖国」のことを語るとき、たいていはウルム周辺の美しい田園地帯のことを頭にうかべていた。インゲは書いている。「わたしたちは祖国をこよなく愛していましたもの。森も川も、果樹園とぶどう園のあいだにある急な斜面に沿ってのびる古い灰色の石積みの塀も。そのすべてがなつかしく、いとしい。わたしたちの祖国、それは、同じ言語を使い、国民すべてが大家族のように暮らす場所以外のなにものでもありません。わたしたちは祖国を愛していました。理由はうまく言えませんが」

　ショル家の中で、おそらくいちばん文才にたけていたゾフィーはこんなふうに書いている。「澄んだ小川に足をひたしもせずに、ただ見るだけなんてことは、わたしにはとうていできません。同じように、五月の草原をただ通りすぎるなんてこともできません。……草原にじっと体を横たえ、腕をのばし、ひざを曲げる、なんてしあわせなんでしょう。花をつけたりんごの木の枝、そのすきまから見える青い空……横をむくと、ざらざらした幹に顔が触れます……くすんだ色の温かい樹皮に顔をおしつけ、思います。『ああ、わが祖国』と。そんなときの満ち足りた気持ちは、とてもことばで言い表すことはできません」

ゾフィーの三歳年上の兄、ハンスは、生まれながらのリーダーだった。ヒトラーユーゲントに加入して数か月で、ハンスは中隊長に昇格し、百五十人の少年たちのリーダーとなった。中隊は大隊の四分の一の規模だった。ハンスは中隊を率いて、長距離のハイキングや宿泊をともなうキャンプに出かけ、夜になるとキャンプファイアーのまわりでギターをかき鳴らし、民謡を歌った。そして、いつも次の楽しい企画を準備していた。「ハンスは様々な面を持っていて、ほかの子とはまったく異なり、とびきり優秀でした」と、大学時代の友人は回想している。「いろんな能力を秘めていました。

とりわけなにかをおそれる気持ちがありませんでした。危険だという感覚がなかったのです……恐怖心のない人は、ものごとをくもりのない目で見ることができます。でも、それが危険なことなのです」

一九三五年、十七歳の誕生日直前、ハンスは大役をまかされた。ニュルンベルクで開催されるナチ党大会に参加する、ヒトラーユーゲント・ウルム代表団の旗手に選ばれたのだ。「あなたの弟、かっこいいわね」インゲは友だちに言われた。「ハンスこそ大隊の旗手にふさわしい少年よ」旗手になるのはとても名誉なことだった。ハンスは意気揚々と、ナチスの旗が飾られた特別列車でウルムを出発し、ニュルンベルクにむかった。

五万人のヒトラーユーゲントが出席した党大会は、華々しい祝典のようなもので、一週間続き、演説や行進、たいまつ行列が行われた。たいまつをかかげるヒトラーユーゲントは行進しながら歌った。

ニュルンベルク市街地を行進するヒトラーユーゲントの隊列、1935年。

われわれは永遠に行進を続ける、
たとえすべてがくだけ散ろうとも。
今やドイツはわれわれのもの、
明日は全世界がわれわれのもの。

重要な催しはみな巨大なスタジアムで行われた。スタジアムのまわりに取りつけられた大きなサーチライトが、夜空に明るい光を放つ。党大会の最終日には、サーチライトがヒトラー総統の登場をドラマチックに演出した。ニュルンベルクの新聞は次のように報じている。「若者たちは二度と静寂を望んでいないようだった。『われらが総統』が、マイクの前に立ち、彼らに演説しようとしているのだ。アドルフ・ヒトラーが演説を始めようとするたびに、『万歳！』の歓声が止むことなく響き渡り、静まるのに数分かかった。総統が演説を始めたのはそのあとのことだ」

ハンスは休めの姿勢で、ヒトラーの語る一語一語に耳をかたむけた。しかし、心はおだやかではなかった。一週間さまざまな経験をするうちに、総統に対する信頼も、総統の約束に対する信頼もゆらいでいた。

ヒトラーユーゲントの旗手たち。

2　わきあがる疑問

「ハンスがもどってきたとき、わたしたちは自分たちの目を疑いました」と、インゲは述べている。「疲れていて、非常に気落ちしているように見えました」

ハンスは幻滅していた。党大会での一糸乱れぬ集団行動にも、参加者全員に要求される絶対的な服従にも。ハンスは、わくわくするような経験ができる、たくさんの人に会い、新たな友情をはぐくむことができると期待していた。しかし、そこにあったのは、体をくっつけ合って行う行進や兵士としての訓練、空虚なスローガン、そして、制服を着た無数の人たちが腕を突き出して叫ぶ、耳をつんざくような「ハイル・ヒトラー！」の声だった。「一週間におよぶ党大会のあいだ、まともな会話はただの一度も耳にしなかった」と、ハンスはインゲに語っている。

ニュルンベルクからもどったあとにキャンプに行き、そこでヒトラーユーゲントの幹部から、読んでいる本を見せろと言われたことも、ハンスを幻滅させた。ハンスが差し出した本は、ユダヤ人作家のシュテファン・ツヴァイクが書いた『人類の星の時間』だった。ナチスはツヴァイクの本の刊行や閲覧を禁じていた。ハンスは、「けがれの多いユダヤ人ごとき」が書いた本は読むなと言われて、その本を取り上げられた。

ハンスは中隊の少年たちとキャンプファイアーを囲んで、ロシアやスウェーデン、バルカン半島の民謡を歌ったことでもとがめられた。「外国の歌は禁止だ！　ドイツの歌だけを歌え、公式に認められたナチスの歌だけをな！」ハンスは、まさか本気で言われたとは思わず、命令を聞き流し、「中隊の少年たちは退屈なナチスの歌ばかり歌っていることにうんざりしています」と言った。すると、ただではおかないぞと脅された。

そんなことがあってから、ハンスは少年たちに、自分たちの隊にもっと誇りを持たせるにはどうしたらいいかを考え、団員たちにオリジナルの旗をデザインさせて縫わせた。団員たちは伝説の生き物を旗にえがき、旗ざおにかかげ、おごそかな気持ちで総統にささげた。その旗はこの中隊だけの特別な団結力を表すものとして、ナチスの鉤十字の旗とならんではためくはずだった。

しかし、ある日の夕方、少年たちが隊列を組んで立って待っていると、見回りに来た上官のひとりが、ハンスの中隊の十二歳の旗手に命令した。「その旗をよこせ。オリジナルの旗などいらん。万人のためにつくられたナチスの旗を使え」

旗手の少年はすぐに命令に従おうとはしなかった。どうしたらいいかわからず、顔をこわばらせ、気をつけの姿勢で立っていた。「よこせ！」上官はどなった。上官がおそろしい声で三度目にどなったとき、ハンスは前に進み出て、「旗を奪わないでください。この子をいじめないでください」と抗議した。

「きさまらに旗などつくる権利はない。決まっている旗以外は断じて許さん」

ハンスは、この旗が団員たちにとっていかに大切なものであるかを説明しようとしたが、上官はハンスを無視し、手をのばして、十二歳の少年のふるえる手から旗を奪いとろうとした。ハンスは上官をおしのけた。ふたりはつかみ合いになり、ハンスは

ヒトラーユーゲントのサマーキャンプにおけるライフル銃訓練、1941年。団員たちは武器の扱い方、手りゅう弾の投げ方、塹壕やたこつぼの掘り方、敵を追跡し、待ち伏せ、殺す方法を教えられた。キャンプ地の門にかかげられた看板には、「われわれはドイツのために死ぬために生まれてきた」と書かれていた。

気づくと上官を平手打ちしていた。

ハンスの中隊長としての経歴は終わった。

むしろそれでよかったのだ。軍隊のようなヒトラーユーゲントを嫌う若者は多かった。かつてのメンバーは語っている。「自由時間なんてないのと同じでした。なにもかも軍隊方式でした……キャンプの指導者は年長の幹部で、入隊したばかりの兵士を訓練する軍曹みたいな人でした。ぼくたちはどなりちらして命令することしか教わっていません」

ハンスは兵士としての訓練や厳しい規律に嫌悪感をおぼえ、一九二九年十一月一日に結成された「ドイツ青年団十一月一日」という、禁じられている地下組織に魅力を感じていた。一九三六年、ナチスはヒトラーユーゲントへの加入を義務づけ、それ以外の青少年活動をすべて禁止した。その結果、ほとんどの若者の組織は解体させられたが、「ドイツ青年団十一月一日」を支持する若者たちはドイツのあちこちの都市でこっそり会合を持ち続けていた。

ハンスはヒトラーユーゲントに加入後すぐに、数人の仲間と「ドイツ青年団十一月一日」の支部を自主的につくっていた。「ぼくたちは支部の遠足や夕べの集いによって心の強さを養った。こうした旅行のことは決して忘れない。だって、少年時代にふさわしい経験をすることができたんだもの！」とハンスは両親に語っている。

ヒトラーユーゲントと同様に、「ドイツ青年団十一月一日」のメンバーもハイキングやキャンプ旅行に出かけたが、行進や敬礼はしなかったし、制服も着なかった。みな思い思いの服を着て、メンバーだけに通じる秘密のことばや表現を使って話した。禁止されている本を読んだり、世界各地の歌をうたったり、森を自由に走り回ったり、朝食前に冷たい小川に飛びこんだりした。メンバーたちは尊大なナチスの将校を笑いものにしたり、ヒトラーについての冗談を言い合ったりした。見つかれば刑務所行きになるかもしれなかった。

「アーリア人とは？」ひとりがきく。

ほかのメンバーは軽べつの気持ちをこめて、声をそろえて答える。「ヒトラーのよ

宣伝大臣ヨーゼフ・ゲッベルス（左）、空軍総司令官ヘルマン・ゲーリング（右）はほかのナチス高官らとともに、非合法の青少年組織「ドイツ青年団十一月一日」のメンバーたちの嘲笑の的だった。

うに金髪！」ヒトラーの髪は黒かった。「ゲッベルスのように背が高い！」宣伝大臣のゲッベルスは背が低かった。「ゲーリングのようにやせている！」ナチスの空軍総司令官ゲーリングは太っていた。

疑問をいだいたハンスは、ヒトラーユーゲントの活動からすでに離れていたが、ほかのきょうだいたちも同じ疑問を感じるようになっていた。ゾフィーははじめのうち、ドイツ女子同盟の仲間と大好きな自然を満喫していた。ハイキングやキャンプ、音楽や仲間が大好きだった。ゾフィーも中隊長に任命された。だが、父の言うように、「家族の女性たちの中でいちばん賢い」ゾフィーはそう簡単にはだまされず、ハンスと同じ不満をいだき、ハンスのあとを追うように別の道を歩み始めた。

ゾフィーは子ども時代の友人に言わせると、「とてもまじめだけど、同時に愉快なことが好きな子」だった。ダンスが好きで、「それはもう自由におどっていました」とインゲは言う。「音楽にわれを忘れ、周囲のことには目もくれず、パートナーのリードでおどっておどっておどりまくりました」ゾフィーはうきうきしていたかと思うと、次の瞬間には物思いにふけり、静かに自分の世界に入っていくこともよくあった。

ハンスと同じく、ゾフィーも禁止されていたハイネの詩集を読んでいて見つかったことがある。ハインリッヒ・ハイネはドイツの有名な詩人だが、ユダヤ人だった。そのためナチスは、ハインリッヒ・ハイネの本を発行することも持つことも禁じていた。「退廃的な」ユダヤ人の本なんか読むなと言われ、ゾフィーは、「ハインリッヒ・ハイネを知らずにドイツ文学を知っていることにはならない」と強く反論した。なんとその百年前、ハイネはすでに、「本の焼かれるところでは、やがて人間が焼かれることになる」と、おそろしい未来を予見していた。

ふたりのユダヤ人少女、アンネリーゼ・ヴァラーシュタイナーとルイーゼ・ナータンは、ゾフィーのクラスメートで親友でもあった。ふたりがドイツ女子同盟へ加入できないと知ると、ゾフィーは憤慨して、きいた。「黒い髪に黒い目をしたわたしが加入できて、金髪で青い目のルイーゼが加入できないのはいったいどうして？」

ドイツには人口の一パーセントにあたる五十万人のユダヤ人がいたが、ユダヤ人は

ウィーン大学正面で手をつなぎ、ユダヤ人が建物内に入るのを阻止しようとしているナチス突撃隊員、1938年。ニュルンベルク法と呼ばれる人種差別法によって、ドイツのユダヤ人は学校、公園、プール、コンサートホール、そして、公共交通機関から締め出された。

やがてドイツ社会から追放されることになる。一九三五年九月、「ニュルンベルク法」と呼ばれる人種差別法が制定され、ユダヤ人はドイツの市民権を奪われた。ゾフィーのクラスメートだったふたりのユダヤ人少女も、ドイツじゅうのユダヤ人学生と同様に、別の学校に転校させられ、映画館にもプールにもスポーツセンターにも公園にも行くことができなくなった。ユダヤ人と堂々とつきあい続けるドイツ人は疑いの目をむけられた。それでもゾフィーは、ふたりと友だちでいると言ってきかなかった。「ゾフィーには、なぜユダヤ人を差別するのか理解できなかったのです、だから、それを実行に移すなんてこと、できるわけがないんです」とインゲは述べている。

　ナチスの政治方針に反対する者は強制収容所に連れていかれ、拘留されてひどい目にあっているといううわさが流れていた。「お父さん、強制収容所ってなに？」ある日、夕食の席でインゲがたずねた。ローベルト・ショルは自分の知っていることやおそれていることを子どもたちに話してきかせた。「なぜ囚人たちは釈放されるときに、『ここで経験したことをしゃべってみろ、命はないぞ』とおどされるんだろうか？

収容所でなにかおそろしいことが行われている証拠じゃないだろうか」

ある日、ウルムの町に住む、人望のあつい学校の教師がひとり姿を消し、消息を絶った。おそらく強制収容所に送られたのだろう。「先生はいったいなにをなさったんですか?」ショル家の人たちは彼の母親にたずねた。「なにも。なにもしていません」母親は絶望して答えた。「ナチ党員でなかっただけです。ナチ党員になるなんて、息子にはとてもできなかったんです。それが息子の犯した罪なのです」

「かつては美しく清潔な家だったのに、今は、鍵のかかったドアがあって見えない地下室で、おそろしく、邪悪で、おぞましいことが起きている、そんな家に暮らしているという思いが、わたしたちの中にわきあがってきました。やがて、わたしたちはナチスに対して、大きな疑問をいだくようになりました」とインゲは書いている。

大聖堂広場に面したショル家のアパートは、秘密の読書サークルの会合場所のひとつとなった。メンバーたちは個人の家に集まり、禁じられている本について論じ合った。「われわれのサークルには仲間がたくさんいて、みんな反ヒトラーです」参加者のひとりはインゲに語っている。「メンバーのひとりひとりが、それぞれ別のサークルを持っていて、それらのサークルもまた反ヒトラーです。つまり反ヒトラーの巨大な地下組織があるんです。だれかその組織をまとめてくれる人がいればいいんだが」

「家の中では、あるいは家族とは、思っていることがなんでも言えました」ハンスの妹でゾフィーの姉にあたる、エリーザベト・ショルは回想する。「でも、一歩、家の外に出たとたん、政権に対して批判的なことを口にすることはつつしまなければなりませんでした。だれがナチ党員なのか、わかったものではありませんでしたから」

一九三七年、ハンスは高校を卒業した。卒業後はミュンヘン大学で医学を学ぶつもりだった。しかし、大学に入る前に六か月間、国家労働奉仕団で働き、さらにその後二年間、兵役につかなければならなかった。ハンスは勤労奉仕の期間、仕事も生活も道路建設作業員といっしょだった。「ぼくはここで、実にたくさんの経験をしています」ハンスは母親に手紙を書いている。「ぼくは仕事に精を出しています。うそじゃありません。決して泣き言なんか言いません。外見で大きく変わったところは、髪が

ハンス・ショルは義務づけられていた6か月の国家労働奉仕のあいだ、仕事をするのも生活をするのも道路建設作業員といっしょだった。

短くなり、日に焼けて黒くなり、顔の表情がおだやかになったことです」

ハンスは勤労奉仕ののち、兵役についた。小さいころから乗馬が好きだったので、シュトゥットガルト近郊のドイツ陸軍騎兵部隊に志願した。一九三七年秋、まだ基本的な訓練を受けているときに、当時十五歳の弟ヴェルナーと、姉のインゲ、妹のゾフィーが、ゲシュタポ（ナチスの秘密国家警察）に逮捕されたという知らせを受けた。

3　兵士として、学生として

一九三七年秋、ゲシュタポは、禁止されていた青少年組織である「ドイツ青年団十一月一日」のメンバーとその支持者を一斉に取り締まり始めた。ドイツじゅうで若者が逮捕され、シュトゥットガルトのゲシュタポ本部に連行された。その中に、ハンスの当時十五歳の弟ヴェルナー、姉のインゲ、妹のゾフィーもいた。「両親はショックを受けていました」インゲは回想する。「ふたりとも、わたしたちが逮捕されるほど重い罪を犯したとは思えなかったのです……わたしたちはそれぞれ独房に入れられました。この先なにが起こるか、だれにもわかりませんでした」

ゾフィーは逮捕されたその日のうちに釈放されたが、ヴェルナーとインゲは一週間拘束され尋問を受けた。ヴェルナーはハンスが属していた「ドイツ青年団十一月一日」で活動していた。インゲはドイツ女子同盟の熱心なメンバーだった。ふたりが釈放されたあと、今度は陸軍の兵舎にいたハンスがゲシュタポに逮捕された。ハンスは手錠をかけられて、車でゲシュタポ本部に連行された。そして、独房に入れられ、数週間の取り調べを受けた。「ドイツ青年団十一月一日」で活動したために家族が目をつけられたのだから、きょうだいたちの逮捕は自分のせいだと、ハンスは自分を責めた。

ハンスは父親が面会に来たあと、拘置所の独房から両親に手紙を書いた。「お父さん、来てくれてありがとうございます。おかげで新たな希望がわいてきました。家族にこんな不幸をもたらして、大変申し訳なく思っています。拘束されてから数日は、絶望しそうになることもよくありました。でも、約束します。この埋め合わせはちゃんとやります。ふたたび自由の身になったら、兵役にも学業にも必死に取り組みます―そう、それしかありません―ですから、またぼくのことを誇りに思ってもらえると思います」

ハンスの所属する騎兵部隊の隊長がハンスの救出にやってきて、ゲシュタポに圧力をかけ、取り調べを急がせた。「ハンス・ショルはわれわれの部隊に属しています。

なにか問題があるなら、われわれが引き受けましょう」五週間後、ハンスは釈放された。しかし、ハンスの取り調べは続いた。「ドイツ青年団十一月一日」でハンスが果たした役割は「破壊活動」にあたるとして告発されていたためだ。

ゲシュタポはまた、ハンスがヒトラーユーゲント時代に十代の少年と同性愛の関係にあったとしてハンスを告発していた。同性愛はナチスドイツでは刑事犯罪にあたる。ハンスは取り調べの中で少年と「密接な関係」にあったことを認めた。「ぼくは裁判にかけられることをおそれてはいません」ハンスは両親への手紙に書いている。「たとえ公の法廷で身の証を立てることができなくても、ぼくはまちがったことはしていません」

担当のヘルマン・クホースト裁判官はハンスに好感を持っていた。ハンスが主導して、禁止されていた活動を続けたことについては非難したが、ハンスの行為は「ほとばしる若さ」と「頭でっかちな若者の偏屈さ」から出たものであると述べた。ひとりでは成立しえない同性愛の関係は、「若気の至り」として問題にされなかった。ハンスに対する告発はすべて却下され、ハンスは履歴に傷をつけることなく、法廷をあとにした。

それでもハンスの気持ちは激しくゆらいでいた。不当に拘束され、私生活を根掘り葉掘りしつこく調べられたと感じていたからだ。ハンスはインゲに語っている。「ぼくはすべてを忘れて、なにも考えずに突っ走っちゃうことがよくある。でも、次の瞬間、また真っ黒い影が現れ、なにもかもを憂鬱で空虚なものにしてしまう。そうなると、自分を前に進めるためには、今よりすばらしい未来のことを考えるしかなくなる。ぼくは今、むしょうに大学に行きたくてしかたない」

子どもたちが逮捕されたことは、ショル家全体にいつまでも暗い影を落とし続け、一家はナチ体制からさらに距離を置くようになった。ゾフィーはハンスに対する告発をまったく不当なものだと感じ、ハンスに対するゲシュタポの仕打ちに怒っていた。そして、「ハンスのつらい体験が、わたしの抵抗運動の大きな動機になった」と、のちに述べている。

ローベルト・ショルは激怒していた。ある日の夕方、インゲとゾフィーを連れて散歩しているときに、とうとうその怒りが爆発した。「もしあんなろくでなし野郎どもが、うちの子どもたちに危害を加えるようなことがあれば、ベルリンに行って、あいつをぶっ殺してやる」

・・・

一方、ナチスのユダヤ人に対する迫害は、激しい暴力をともなって、通りの奥にまで広がっていた。アメリカ人記者のウィリアム・シャイラーは、「ナチスドイツはかねてよりもくろんでいた暗く残忍な道に入りこんだ。もう二度と引き返すことはできない」と書いている。

一九三八年十一月九日の夜、ナチスの突撃隊にけしかけられた暴徒がドイツじゅうの市や町で、ユダヤ人の店や家の窓を粉々にこわし、数百というシナゴーグ（ユダヤ教徒が礼拝や集会のために集まる建物。会堂）に火をつけた。警察は見て見ぬふりで、なんの取

前夜の「水晶の夜」と呼ばれる襲撃事件で、粉々に破壊されたユダヤ人商店の窓の前を通り過ぎるドイツ人歩行者、1938年11月10日。

り締まりもしなかった。数千人のユダヤ人が通りに集められ、なぐられ、つばをかけられ、強制収容所に連行され、「保護」の名目で拘置された。打ちくだかれた窓ガラスの破片が通りに散乱していたことから、この夜の事件は「水晶の夜」と呼ばれる。

多くのドイツ人が、残忍な襲撃事件にショックを受けた。破壊された建物から顔をそむけ、涙する人もいた。しかし、ナチ体制のしめつけがきつかったため、表立って非難することはできなかった。暴力の犠牲となったユダヤ人に同情するドイツ人のことを、「やわな潔癖症」だと揶揄する新聞もあった。たいていの人はかたく口を閉ざしていたが、「恐怖におののく中産階級の人たちは、くいにつながれたうさぎのような目でナチスという怪物を見つめるばかりだった」と、評する人もいた。

ハンスはシュトゥットガルトでの基本的な軍事訓練を終えると、陸軍の衛生部隊での任務を続けながら、医学を学ぶ許可を与えられた。一九三九年春、正式にミュンヘン大学に入学し、医学部の学生となり、同時にミュンヘンの陸軍病院に配属された。「ハンスはちょっと変わった学生生活を送っていました。半分は兵士として、半分は学生として、兵舎にいることもあれば、大学や病院にいることもありました」とインゲは書いている。

ハンスは、陸軍衛生部隊のメンバーだった学生兵士数人とすぐに親しくなった。みな本や音楽が好きで、ナチ体制に反対していたことから気が合った。仲間といるときだけは体制について論じることができた。学生兵士たちは兵舎を割り当てられていたが、大学の授業に出席することもできたし、大学近くに学生アパートを借りることもできた。当時まだ高校生だったゾフィーは、ハンスたちといっしょに大学生活を送るのを楽しみにしていた。

そのころ、ドイツはすでにベルサイユ条約を破棄し、軍事力を回復していた。ナチス政権はオーストリア、続いてチェコスロバキア北西部でドイツに面した区域にあたるズデーテン地方、そして、ついにはチェコスロバキア全土を併合した。ヒトラーは、一九三九年夏に戦争を始めようとひそかに計画していたので、ゲシュタポは政府に反対する動きを見つけ次第すべて弾圧した。「どんな人でも逮捕される可能性がありま

チェコスロバキアのズデーテン地方がドイツに併合され、悲しみをこらえきれずに、勝利したドイツ軍にいやいや敬礼するズデーテン地方の女性、1938年。ナチス式敬礼は法律で義務づけられていた。

した」と、インゲ・ショルはのちに書いている。「つまらないことを口にしただけで、通りで逮捕され、姿を消し、そのままってこともありました……ドイツじゅうが監視されていました。いたるところでこっそり聞き耳を立てている人がいたのです」

その夏、十七歳になっていた末っ子のヴェルナーは、ショル家の人たちの中ではじめて公然とナチ体制に反対する行動に出た。夜遅く、ウルム裁判所に出かけ、正義を象徴する女神像のてっぺんにのぼり、ナチスの鉤十字が描かれた布で女神の両目をおおって、抗議の意思を示した。むこう見ずともいえるこの大胆な行為のことを、ヴェルナーはずっとあとになるまでだれにも明かさなかった。

・・・

一九三九年九月一日早朝、ドイツ軍がポーランドに侵攻し、第二次世界大戦が始まった。二日後、フランスとイギリスがドイツに宣戦を布告した。だが、ポーランドを救うには、もう手遅れの状態だった。多数の戦車、戦闘機、大砲などを集中的に

勝ってポーランドのワルシャワを行進するドイツ軍、1939年9月。ヒトラーのポーランド急襲は、ヨーロッパを支配したいというヒトラーのひそかな野望の第一歩だった。

使って、すばやく敵を圧倒するナチスの戦法「電撃戦」によって大敗を喫したポーランドは、一か月もたたないうちに降伏してしまった。

「あなたも、あなたの部下たちも山ほどすることがあるでしょう」ゾフィーは、ドイツ軍通信部隊の将校だった恋人のフリッツ・ハルトナーゲルに手紙を書いている。「人の命が他人の脅威に絶えずさらされているなんて、とても理解できない。これからも理解できないと思うわ。なんておそろしいことでしょう。『祖国のためさ』なんて言わないでね」

ヒトラーはヨーロッパを力で支配すると断言していた。「あわれみも同情も無用だ！」ヒトラーは大将たちに命じた。

一九四〇年、ヒトラーは西部戦線で軍事行動を開始した。ドイツ軍は四月にデンマーク、ノルウェーに、五月にオランダ、ベルギー、ルクセンブルク、そしてフランスに攻め入った。イギリス陸軍はヨーロッパ大陸から撤退せざるを得なくなり、フランス軍とともにフランス最北端の港町ダンケルクに追いつめられた。六月にはフランスが降伏、イギリス以外のヨーロッパ諸国は、ドイツの同盟国になるか、支配下に入るか、中立国になるかのいずれかとなった。ヒトラーは占領下のパリに車で入り、凱旋門前でダンスをおどって勝利の喜びを表現した。

ハンスは、所属していた衛生部隊がフランス北部のサン＝カンタンにある野戦病院の手術室に配属されたため、学業を中断しなければならなかった。「ぼくたちは手ごろな家を見つけて勝手に使っている」ハンスは両親に語った。「自分としては、こんなところに寝るより、麦わらに寝たほうがずっとくつろげる。ぼくはどろぼうなのか、

ナチス占領下のパリでポーズをとってスナップ写真におさまるアドルフ・ヒトラー、1940年6月23日。

まともな人間なのか、いったいどっちなんだ？　信じられないでしょ、こんな略奪がまかり通っているなんて」夏が終わるころ、ハンスはミュンヘン大学にもどり、学業を再開した。

　高校を卒業したゾフィーは、ミュンヘン大学で哲学と生物学を学ぶつもりだった。しかし、大学に入る前に六か月、国家労働奉仕団で働かなければならなかった。ゾフィーはそれを避けるために、幼稚園教育の実地訓練講座に登録した。子どもたちを教えることは勤労奉仕の代わりとして認められるだろうと思ったのだ。

「子どもたちから喜びをたくさんもらっている」ゾフィーは恋人のフリッツ・ハルトナーゲルに手紙を書いている。「子どもたちに教えるのは、とてつもなく疲れるわ。子どもたちに完全に合わせなきゃならないんですもの。自分本位の人にはとうていできない仕事だわ。はたしてわたしがずっと続けられるかどうか。だって、あまりにも自分中心に育ってきてしまったんですもの」

　ゾフィーは一年近く幼稚園で働いた。規則が変わり、やはり六か月の勤労奉仕をしなければならないことを知ったのは、そのあとのことだった。ゾフィーは地方の労働部隊に送られ、そこで制服を着た十人ほどの少女たちと寮生活をしながら、農場で働いた。その後、さらに六か月勤労奉仕の義務が延長されると知らされた。今度はスイス国境に近い小さな町の保育施設に送られ、そこで子どもたちの世話をしていた。大学で学ぶというゾフィーの夢はふたたびおあずけとなった。

「勤労奉仕を延ばされたわたしの怒りは土曜日までにおさまりそうもないわ」ゾフィーはハンスに手紙を書いている。「大学に入るまでにしわくちゃばあさんになっちゃいそう。でも、あせって夢をあきらめたりはしない。そんなことをするくらいなら、毒をあおって死んだほうがましだもの」

一九四二年五月、ゾフィーはようやく勤労奉仕の義務を終えて、ハンスのいるミュンヘン大学に入学できることになった。二十一歳になる直前のことだった。

ピッチフォークをかつぐこの写真の若い女性たちのように、ゾフィー・ショルも勤労奉仕の義務を果たすため、農場で働いた。

4　白バラのビラ

「あした大学生活を始められるなんて夢みたい」ゾフィーは母親に言った。入学許可を得るだけでも、大仕事だった。当時ドイツの大学では、女子学生の割合を、全学生数の十パーセントと決めていたからだ。

インゲはウルムの駅でゾフィーを見送った。「わたしの前に立つゾフィーの姿を今もはっきりおぼえています……ゾフィーはこれから始まる新しい生活に胸をふくらませていました」インゲは回想する。ゾフィーは耳元にデイジーの花を一輪さしていた。ハンドバッグの中には、母親が焼いた「甘いにおいのする茶色い、サクサクのケーキ」と、その晩誕生祝いに飲む予定のワインが一本、ならんで大切におさめられていた。

ミュンヘンの駅でゾフィーを出むかえたのは、ハンスとその恋人のトラウテ・ラフレンツだった。トラウテはハンブルク出身で、ハンスと同じく医学生だった。「今晩、ぼくの友だちに会わせるよ」ハンスはゾフィーに言った。ハンスの友人たちはその晩、大学に近いハンスの部屋に集まった。部屋の壁には、ナチスが「退廃芸術」として非難していたフランス印象派の絵画の複製がピンでとめられ、いたるところに本が散乱していた。のちにインゲが述べたところによると、集まった人たちの中には、ハンスがもっとも親しくしている大学の友人もいたという。みな医学部の学生で、陸軍の衛生部隊の隊員でもあったアレクサンダー・シュモレル、クリストフ・プロープスト、そして、ヴィリー・グラーフの三人である。

　アレクサンダーは「アレックス」と呼ばれていた。背が高く、頭の回転が速い、悪ふざけが大好きな青年だった。生まれはロシアで、子どものころドイツにやってきた。母親はロシア人で、父親はミュンヘンの著名な医者だった。ロシア人乳母に育てられたため、流暢なロシア語を話し、ロシア民謡を歌うのが好きだった。

　ヴィリーは考え深く控えめで、もの静かだった。「ヴィリーがじっくり考えてものを言うとき、自分の全存在をかけて言えることしか言わない、といった印象を与え

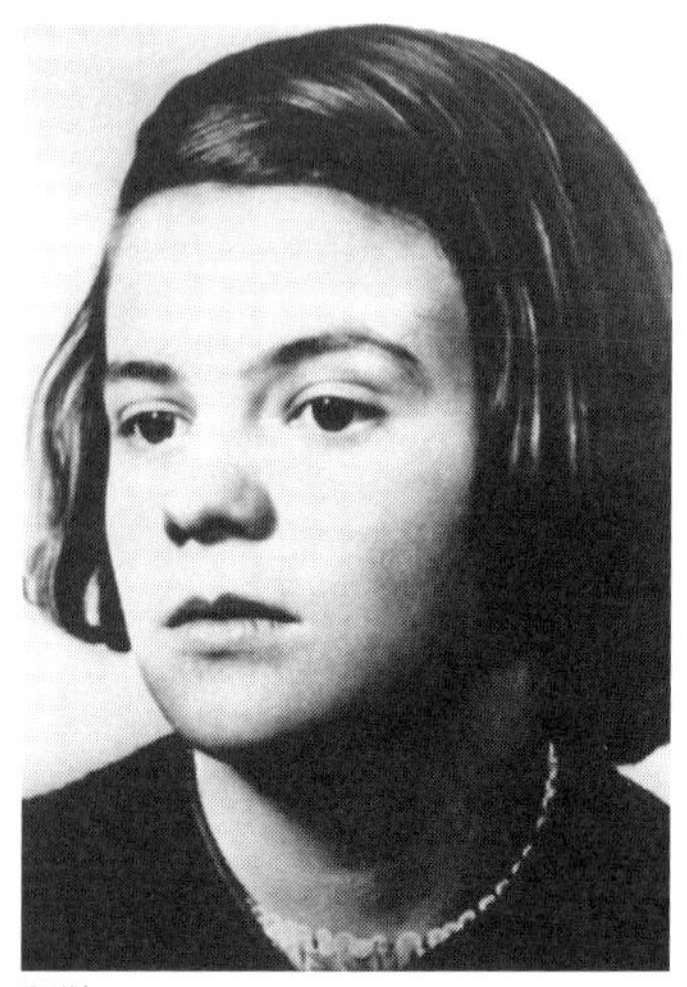

哲学と生物学を学んでいたころの
ゾフィー・ショル

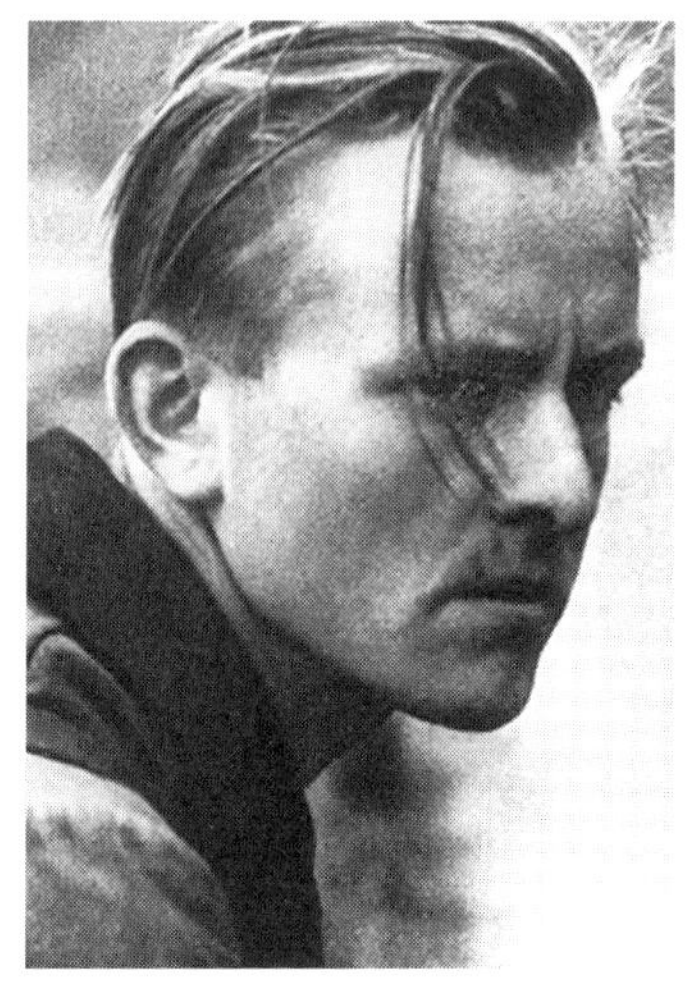

ヴィリー・グラーフ

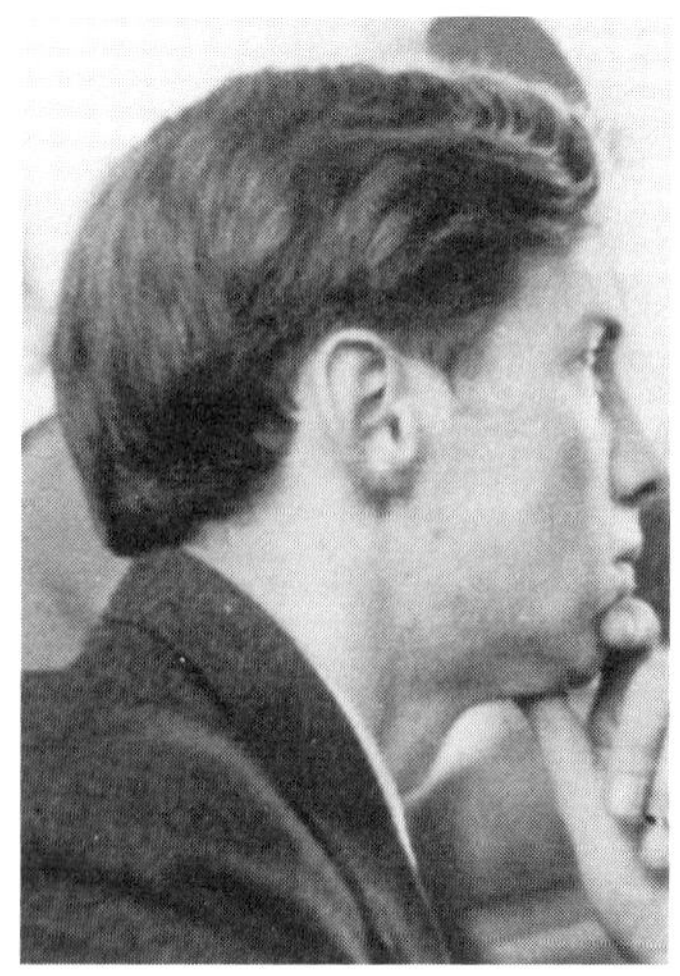

アレクサンダー・シュモレル

クリストフ・プロープスト

た」と、ゾフィーは語っている。信心深いローマ・カトリックの家に育ったヴィリーは、ヒトラーユーゲントに入ることを拒んだ。ハンス同様、ヴィリーも禁止された青少年組織にかかわっていたとしてゲシュタポに逮捕され、投獄された経験がある。

授業にむかうミュンヘン大学の学生たち。

クリストフは彼らの中でただひとり結婚していた。幼い息子がふたりいて、三人目がまもなく生まれるところだった。父親の再婚相手はユダヤ人で、クリストフには子どものころから、ユダヤ人の友人がたくさんいた。「ユダヤ人がむりやり黄色い星のマークをつけさせられたり、多くのユダヤ人が強制収容所で虐待されているといううわさを聞いたりすると……クリストフはひどく心を痛めていました」と友人のひとりは回想する。

よく晴れた五月の夜だった。ハンスたちはゾフィーが持ってきたワインを手に、大学近くにある美しい英国式庭園に出かけることにした。ワインのびんにひもを結びつけ、庭園内を流れる小川にしずめた。アレックスはロシアのバラライカという楽器を、ハンスはギターを持ってきていた。ワインが冷え、ミュンヘンの空に月がのぼると、みんなで楽器をかなで、歌い始めた。ヴィリーは指笛をふいた。「みんなすぐに魔法にでもかかったように、楽しく奔放に歌い出しました」と、インゲはのちに書いている。

ゾフィーは自分の部屋を借り、ハンスのごく親しい友人たちのグループに加わった。ほかの気の合う友人たちも交えて、カフェやハンスの部屋、アレックスの両親の家でしばしば会合を持った。「たがいに本をすすめ合い、声に出して読み、意見を言い合いました」インゲは書いている。「でも、いきなり気持ちが高ぶり、はめをはずして、ばかげた話で盛り上がったりもしました。あふれんばかりの想像力やユーモア、生きる喜びを、ときには吐き出さないわけにはいかなかったのです」

前にも増して、ナチスが国内で行っている弾圧が話題となるようになった。そして、ドイツ軍がポーランドに侵攻し、ソ連（ソビエト社会主義共和国連邦の略称。十五の構成国から成る。そのうちロシア・ソビエト連邦社会主義共和国―通称ロシア連邦共和国。単にロシアと称されることが多い―が最も広大な領土を有し、指導的な立場にあった。ソ連は一九九一年に崩壊した）をいきなり侵略すると、ナチスが占領地域で行っている犯罪行為について議論することが多くなった。責任ある市民は独裁政権下でいったいどう行動すべきか、ナチス体制に抵抗する方法はあるか、彼らは自問した。しかし、人前で公然と意見を言うのは危険だった。「なんでも秘密にしておかなければならなかった」よく仲間に加わっていた医学生のゲオルゲ・ヴィッテンシュタインは回想する。「友だちだって信用できない……話のできる相手かどうか見きわめるのに何週間も何か月もかかった」

　ポーランドにある死の収容所のことや、ソ連でのユダヤ人大量殺人のうわさが聞こえてきた。ユダヤ人の友人や近所の人たちが姿を消していた。それなのに、実態はなにもわからない。ナチスの宣伝相が新聞やラジオを検閲していたし、外国のラジオ放送を聴くことは犯罪だったからだ。

しかし、日ごとにおぞましさを増すそんな話を口止めしておけるはずはなかった。ミュンスター市のカトリック司教、クレメンス・アウグスト・グラフ・フォン・ガーレンはナチスの安楽死に関する極秘の計画――精神に障害のある人や、年齢を問わず身体に障害のある人を毒ガスで組織的に殺害する計画――を厳しく批判する説教を行った。ガーレンによれば、ナチスの公式な政策によって、（ドイツ国民にとって）価値がないと判断された「生きるに値しない命」をことごとく奪う、つまりなんの罪もない人々を殺すことが可能になったのである。

「おそろしい政策です。これによって、罪のない人を殺す口実ができ、仕事につけない病弱な人、身体障害者、治る見こみのない人、もうろくした老人、不治の病に苦しんでいる人を殺す明確な理由づけがなされるのです」

ガーレン司教の説教は、謄写機で刷られ、共感すると思われる人に郵送された。ショル家の郵便受けにも配られた。「ようやく声をあげる勇気のある人が現れた」ハンスは説教を読んで叫んだ。そして、手にしている説教をもう一度よく読んで言った。「なんとしても謄写機を手に入れる必要がある」

ハンスは、自分が良心に従って行動できる人間なのかどうなのか、ずっと考えてきた。自分がどのような人間なのか知らなければならないと、時代に求められていると感じていたのだ。医学生ではあったが、ゲーテやシラーなどドイツ古典派の作家や哲学者、古代ギリシャの哲学者アリストテレス、中国の春秋時代の思想家である老子

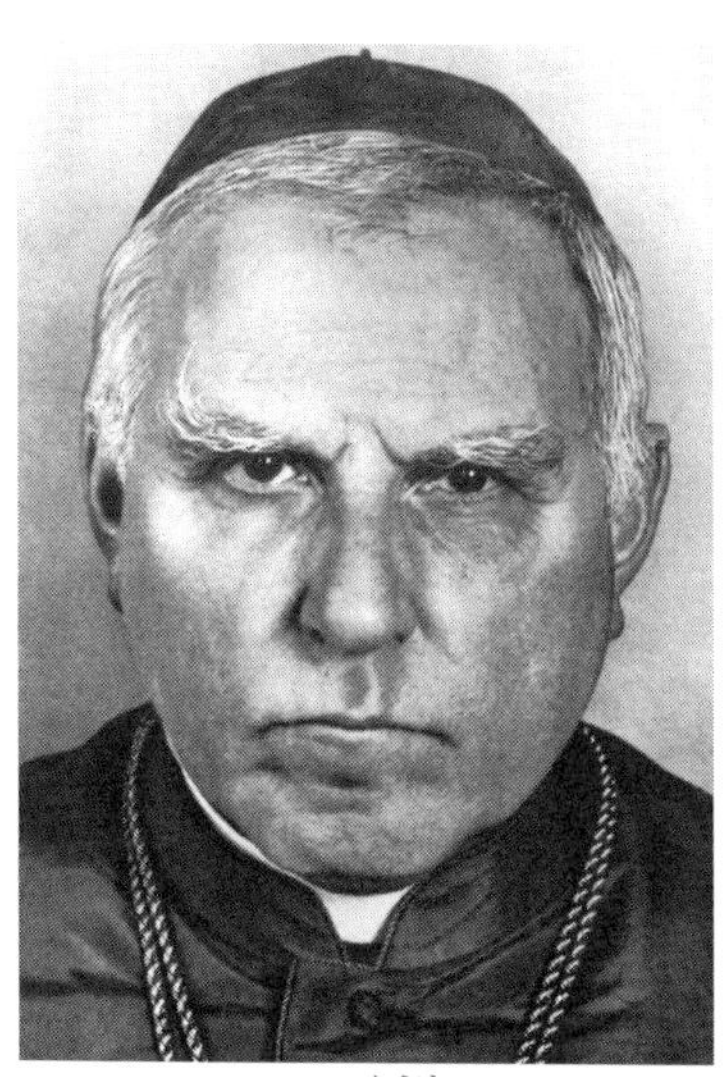

ローマ・カトリックの司教、クレメンス・アウグスト・グラフ・フォン・ガーレン。ナチスの極秘安楽死計画を、「罪のない人たちを殺そうとする恐ろしい政策」だと非難した。

ハルトハイム城。6つあったナチスの安楽死施設のひとつ。身体障害や精神障害を理由に「生きる価値がない」とみなされた人たちは、注射や毒ガスによってこれらの施設で殺された。

なども読んでいた。聖書も研究し、そこに新しい意味を見いだした。「ぼくは自分をきれいにしたい。自分の中にある影の部分をすべてなくしてしまいたい」ハンスは日記に思いをつづっている。「ぼくはほんとうの自分を知りたいと思っている。だって、自分のことをこれっぽっちも知らないんだもの。知りたいと思えばきっと、ほんとうの自分がわかるはずだ」

　ゾフィーもまた、本を読んだり、人と話したり、祈ったりして、進むべき道を探していた。「ここでは毎日新た

ナチスはこのような家畜運搬車を移動式の毒ガス室として使用し、障害者を殺害した。犠牲となった人たちは、エンジンをかけて密閉した車両の個室に閉じこめられ、排気ガスを送られ、一酸化炭素中毒で殺された。こうした車両が、強制収容所のシャワー室に見せかけた毒ガス室のさきがけとなった。毒ガス室で亡くなった人は数百万人にのぼる。

に吸収するものがあります」ゾフィーは友だちに手紙を書いている。「わたしは、これまで自分の頭の中で考えるだけだったもの、つまり、自分が正しいと考えるものに従って行動したいという強い思いにかられています」

ある晩、ハンスと友人たちは病院や医院での仕事について話し合っていた。「ぼくがなににも増してうれしく感じるのは、風前のともしびとなった命がぼくの手にゆだねられていると感じるときだ」ハンスは言った。「そんなときは最高にしあわせだよ」「しかし、矛盾していないか？」友人のひとりがハンスのことばをさえぎった。「われわれが自分の部屋にすわって人を治療する方法を学んでいるときに、外の世界では、国家が毎日無数の若者を死に追いやっている。われわれはいったいなにを待っているんだ？　戦争が終わって、すべての国々がわれわれを指さして、『おまえたちはなんの抵抗もせずにナチス体制を黙って認めてきた』と言う日が来るのを待っているのか」

・・・

反ナチスの最初のビラがミュンヘンのあちこちの郵便受けに入っていたのは、一九四二年六月の終わりのことだった。見出しには、「白バラのビラ」と書いてあった。「誠実なドイツ人はみな自国の政府を恥じているのではないか？　とすれば、ひとり残らず、西洋文明の一員としておのれの責任を自覚し、できるかぎり激しく抵抗しなければならない。人類に災難をもたらす者たち、ファシズム、およびその他の全体主義的支配体制と闘わねばならない。

抵抗せよ、いかなる場所にいようとも……手遅れにならないうちに、すべての都市がケルンのように廃墟になる前に、ドイツの若者が全員、人間以下の人物の傲慢さの犠牲となって、戦場にその血を流す前に」

ビラは、ゲーテの戯曲『エピメーニデスのめざめ』に出てくる「希望」のことばを引用して締めくくられている。この戯曲は、ナポレオンに侵略された国々が、一八一五年にナポレオンに勝利したことを祝して作られたものだ。

勇敢な人たちが夜のあいだに集まってきて、
眠ることなく、じっと待っている。
自由という輝かしいことばを
ささやき、つぶやきながら。
そして、ついに新しい時代の幕開けとともに
われらの神殿の階段にのぼり
ふたたび歓喜の声をあげる。
自由！　自由！　自由！　と。

ハンスとアレックスが書いたビラは、借り物の携帯用タイプライターで打たれ、ハンスが地元の事務用品店で買った謄写機で印刷された。ビラは百枚だけ刷られ、ミュンヘンの電話帳に出ている住所あてに郵送された。送られたのは、ビラに共感すると思われる人たちと、客にビラをわたしてもらえるのではないかと思われるビアホール

のオーナー数人だった。「このビラをできるだけたくさん複写して、配ってください」と書かれていた。

「白バラという名前に特別な意味があったわけではありません」ハンスはのちに述べている。「効果的な宣伝活動をするには、特別な意味はなくても、響きがよくて、政治的な内容を伝えているという印象を与える名前をつける必要があるのではないかと考えたからです」

ハンスはまた、白バラは純粋無垢の象徴だと考えていた節もある。

当初、ビラの筆者を知っているのはハンス、アレックス、ヴィリー・グラーフ、そして、クリストフ・プロープストだけだった。四人は、どんな方法であれナチスに反対することは、死の危険をともなうということをよく知っていたので、自分たちの計画をゾフィーにもほかの友人たちにも明かすことはなかった。ハンスの恋人トラウテ・ラフレンツは印刷されたビラを見たときのことをこう言っている。「すぐにこのビラは『仲間』が書いたものだとわかりました。でも、それがハンスの手によるものだと

Flugblätter der Weissen Rose.

I

Nichts ist eines Kulturvolkes unwürdiger, als sich ohne Widerstand von einer verantwortungslosen und dunklen Trieben ergebenen Herrscherclique "regieren" zu lassen. Ist es nicht so, dass sich jeder ehrliche Deutsche heute seiner Regierung schämt, und wer von uns ahnt das Ausmass der Schmach, die über uns und unsere Kinder kommen wird, wenn einst der Schleier von unseren Augen gefallen ist und die grauenvollsten und jegliches Mass unendlich überschreitenden Verbrechen ans Tageslicht treten? Wenn das deutsche Volk schon so in seinem tiefsten Wesen korrumpiert und zerfallen ist, dass es ohne eine Hand zu regen, im leichtsinnigen Vertrauen auf eine fragwürdige Gesetzmässigkeit der Geschichte, das Höchste, das ein Mensch besitzt, und das ihn über jede andere Kreatur erhöht, nämlich den freien Willen, preisgibt, die Freiheit des Menschen preisgibt, selbst mit einzugreifen in das Rad der Geschichte und es seiner vernünftigen Entscheidung unterzuordnen, wenn die Deutschen so jeder Individualität bar, schon so sehr zur geistlosen und feigen Masse geworden sind, dann, ja dann verdienen sie den Untergang.

Goethe spricht von den Deutschen als einem tragischen Volke, gleich dem der Juden und Griechen, aber heute hat es eher den Anschein, als sei es eine seichte, willenlose Herde von Mitläufern, denen das Mark aus dem Innersten gesogen und nun ihres Kernes beraubt, bereit sind sich in den Untergang hetzen zu lassen. Es scheint so - aber es ist nicht so; vielmehr hat man in langsamer, trügerischer, systematischer Vergewaltigung jeden einzelnen in ein geistiges Gefängnis gesteckt, und erst, als er darin gefesselt lag, wurde er sich des Verhängnisses bewusst. Wenige nur erkannten das drohende Verderben, und der Lohn für ihr heroisches Mahnen war der Tod. Ueber das Schicksal dieser Menschen wird noch zu reden sein.

Wenn jeder wartet, bis der Andere anfängt, werden die Boten der rächenden Nemesis unaufhaltsam näher und näher rücken, dann wird auch das letze Opfer sinnlos in den Rachen des unersättlichen Dämons geworfen sein. Daher muss jeder Einzelne seiner Verantwortung als Mitglied der christlichen und abendländischen Kultur bewusst in dieser letzten Stunde sich wehren so viel er kann, arbeiten wider die Geisel der Menschheit, wider den Faschismus und jedes ihm ähnliche System des absoluten Staates. Leistet passiven Widerstand - W i d e r s t a n d - wo immer Ihr auch seid, verhindert das Weiterlaufen dieser atheistischen Kriegsmaschine, ehe es zu spät ist, ehe die letzten Städte ein Trümmerhaufen sind, gleich Köln, und ehe die letzte Jugend des Volkes irgendwo für die Hybris eines Untermenschen verblutet ist. Vergesst nicht, dass ein jedes Volk diejenige Regierung verdient, d

Aus Friedrich Schiller, "Die

"....Gegen seinen eigenen Zweck gehal
gus ein Meisterstück der Staats- und
mächtigen, in sich selbst gegründeter
Stärke und Dauerhaftigkeit waren das
Ziel hat er so weit erreicht, als un
Aber hält man den Zweck, welchen Lyku
der Menschheit, so muss eine tiefe Mi
derung treten, die uns der erste, fl
darf dem Besten des Staates zum Opfe
nicht, dem der Staat selbst nur als
ist niemals Zweck, er ist nur wichti
der Zweck der Menschheit erfülltwerd
heit ist kein anderer, als Ausbildung

Leaflets of the White Rose
I

Nothing is more dishonourable for a civilized people than to let itself be "governed" without resistance by an irresponsible clique of rulers devoted to dark instincts. Is it not true that every honest German today is ashamed of his government? And who among us can sense the dimensions of the dishonor that will lie upon us and our children once the veil has fallen from our eyes and the most horrid and extravagant crimes come to light? If German people are already so corrupted and spiritually crushed that they do not raise a hand, frivolously trusting in a questionable faith in the lawful order of history; if they surrender man's highest principle, that which raises him above all other God's creatures, his free will; if they abandon the determination to take decisive action and turn the wheel of history and thus subject it to their own rational decision; if they are so devoid of all individuality, have already gone so far along the road to turning into a spiritless and cowardly mass – then they clearly deserve their downfall.

Goethe speaks of the Germans as a tragic people, similar to the Jews or the Greeks, but today it would appear rather as a shallow, spineless herd of followers robbed of their core with the marrow sucked out of them, who are now just waiting to be hounded to their destruction. So it seems – but it is not so. Through gradual, treacherous, systematic violation, every single person has rather been put into a prison of the mind, which he only realizes after finding himself already in chains. Only a few have recognized the impending doom and their heroic warnings have been rewarded with death. The fate of these persons will be spoken of later.

If everyone waits for his neighbour to take the first step, the messengers of the vengeful nemesis will come ever closer, and the very last victim will senselessly be thrown into the throat of the insatiable demon. Therefore, every individual must be aware of his responsibility as a member of western culture and put up as fierce a fight as possible, he must work against the scourges of mankind, against fascism and any similar system of totalitarianism. Offer resistance – *resistance* – wherever you may be, stop this atheistic war machine from running on and on, before it is too late; before the last city, like Cologne, lies in ruins; and before the nation's last young man has bled to death somewhere on the battlefields for the hubris of a subhuman. Don't forget that every people deserves the regime it is willing to endure!

Excerpt from Friedrich Schiller's The Legislation of Lycurgus and Solon:

"...Viewed in relation to its purpose, the legal code of Lycurgus is a masterpiece of political science and knowledge of human nature. He desired a powerful, indestructible state, firmly established on its own principles. His goal was to achieve political power and permanence, and he attained this goal to the fullest extent possible under the circumstances. But if one compares Lycurgus' purpose with those of mankind, then a deep disapproval must take the place of the admiration which we felt at first glance. Anything may be sacrificed for the good of the State except that end which the State itself only serves as a means. The State is never an end in itself; it is important only as a condition under which the purpose of mankind can be attained, and this purpose is no less than the development of all human resources, progress. If a political constitution prevents the development of the capabilities which reside in man, if it interferes with the progress of the human spirit, then it is reprehensible and injurious, no matter how excellently devised, how perfect in its own way. Its very permanence in that case amounts more to a reproach than to a basis for fame; it becomes a prolonged evil, and the longer it endures, the more harmful it is.

...At the cost of all moral feeling a political merit was achieved, and the resources of the state were mobilized to that end. In Sparta there was no conjugal love, no mother love, no filial love, no friendship; all men were citizens only, and all virtue was civic.

...It was the Spartans' duty by law to be inhumane to their slaves; with these unhappy victims of war humanity itself was insulted and mistreated. In the Spartan code of law the dangerous principle was

1

複写された白バラのビラ第1号（ドイツ語）の一部と、英語に翻訳されたもの。

いう確信はありませんでした」

最初のビラが出たのは、ゾフィーが大学生になって六週間後のことである。ハンスはゾフィーにビラのことをきかれても、はぐらかそうとして、「だれが書いたかなんてきかないほうがいいぞ。そんなことをしたら、書き手の命が危険にさらされるかもしれないからな」と言った。だがゾフィーは簡単にはあきらめなかった。ハンスがようやく、書いたのは自分とアレックスだと認めると、ゾフィーは仲間に入れてくれとせがんだ。「ゾフィーは知ってしまったのです。一線を越えたハンスはもう安全で快適な暮らしはできなくなったということを。もうあともどりはできなくなったのです」と、インゲは書いている。

ビラはだれかひとりの考えで書かれたものではなかった。数人の仲間が何か月も議論を重ね、信頼関係を築くことで生まれたものだった。みな、ドイツの現状に嫌悪感をいだいていて、自由に話したい、自分自身をとりもどしたいと望んでいた。そして、みなそれぞれに宗教的な理想に深く影響されていた。

白バラの若者たちは男女を問わず、行動する覚悟ができていた。彼らは消極的抵抗という形を選び、印刷したことばを使って、ドイツの良心を結集しようとしていた。「爆弾を投げるという方法を選ぶこともできたでしょうに」数年後、インゲ・ショルは語っている。

5 「われわれは君たちの心にささったとげである」

その夏、二号から四号までのビラが続けざまにつくられた。七月の終わりには、十人ほどの学生が秘密の活動に加わるようになっていた。ヒトラーやナチスを攻撃する白バラのビラは、ドイツの数都市に出現した。

ミュンヘンの建築家、マンフレート・アイケマイヤーは、人目につかないところにある自分のスタジオを、白バラの学生たちに会合場所として提供した。アイケマイヤーは命がけで、スタジオの地下室を学生たちに使わせ、ビラの印刷も、謄写機の保管もさせた。

学生たちは夜になると地下室に行き、手動の謄写機で数千枚のビラを印刷した。必要な物が不足すると、疑いをかけられないように、ミュンヘンの町に散って、用紙や封筒、謄写機用原紙、切手などを少量ずつ、ちがった店や郵便局で買った。用紙ひと

1942年ころのハイテク製品：この手動式の謄写機を使って、ミュンヘン大学の学生たちは何千枚もの白バラのビラを印刷した。

束はこの店で、封筒ひと箱はあっちの店でというように、決してひとつの店で大量に買うことはしなかった。

ハンスとアレックスは、ほかのメンバーと意見のやり取りをしながらビラを書き続けた。ビラ第一号はドイツ国民に、ナチ体制に抵抗するよう呼びかけていた。ビラ第二号は、ドイツ占領地域で行われているナチスの残虐行為にテーマをしぼっていた。

マンフレート・アイケマイヤーはドイツ占領下のポーランドからもどったばかりだった。アイケマイヤーは、ユダヤ人をはじめ価値がないとされる人たちが強制的に連行されるところをその日で見ただけでなく、彼らが連れていかれた先で移動殺戮部隊と呼ばれることもある出撃部隊というドイツ軍特殊部隊によって集団処刑されている事実を知った。アイケマイヤーによれば、出撃部隊は老若男女を問わずユダヤ人をひとり残らずつかまえて、貴重品を奪い、トラックに乗せて郊外に連れていく。ユダヤ人はそこで穴を掘れと命じられ、掘った穴のまわりにならばせられ、機関銃で撃たれた。そして、みずから掘った墓穴に次々ところがり落ちていった。

これまでも大量殺戮のうわさがささやかれてはいた。しかし、そんなおそろしい話を信じる気にはなれないという人がほとんどだった。アイケマイヤーがもたらした痛ましい話は、ハンスとアレックスがはじめて聞く現地からの報告だった。アイケマイヤーは、自分が見聞きしたことを世界じゅうの人たちに知らせなければならないと思った。

白バラのビラ第二号は次のように報じている。「ポーランドを征服して以来、この国では、三十万人のユダヤ人が、非常に残忍な方法で殺害されている。これは、人間の尊厳に対するきわめて卑劣な犯罪、史上類を見ない犯罪である」

さらにビラは続ける。「ドイツ人はだれもが、身の潔白を証明したいと望み、良心の呵責を感じることなく自分の暮らしを続けている。しかし、だれひとりとして身の潔白を証明できる者はいない。ドイツ人はみな有罪だ。罪を犯している！」

ビラ第三号は、ナチスの「悪の独裁政権」を批判した。消極的抵抗を強く訴え、「われわれはこの闘いにおいて、決してひるむことなく、ありとあらゆる方法、ありとあらゆる行動を実践しなければならない」と述べた。「兵器工場、戦争産業におけるサボタージュ（破壊活動、妨害活動を行って、圧政者や雇い主などに問題の解決を迫る手段）、すべての会合や集会、公の式典、そして、ナチ党組織におけるサボタージュ……戦争継続をおし進める科学・学術分野におけるサボタージュ……芸術のあらゆる分野でのサボタージュ……『政府』に雇われ、政府の主義主張を擁護するあらゆる出版物、新聞におけるサボタージュ」を呼びかけた。

ゾフィー・ショル（白バラのにおいをかいでいる女性）は、ロシアの前線にむかうハンス・ショル（いちばん左）、ヴィリー・グラーフ（カメラに背中をむけている）、アレクサンダー・シュモレル（一番右）をはじめとする医学生らとミュンヘンの駅で別れた、1942年7月。

ビラ第四号では総統自身が標的とされた。「ヒトラーの口から出てくることばはすべてうそである。ヒトラーが平和と言うとき、それは戦争のことだ。不敬にも全能の神の名を口にするとき、それは悪の力、堕天使、悪魔のことだ。ヒトラーの口は悪臭ただよう地獄の深淵、ヒトラーの力は実にいまわしいものである」

ビラ第四号は次のことばで結ばれている。「われわれは黙っていない。われわれは君たちの心にささったとげである。白バラは君たちに心安らかな日々は送らせない！」

ビラは一九四二年六月と七月に立て続けに出された。同時期、ドイツ軍はソ連の奥地に攻め入っていた。夏学期が終わると、ハンスと仲間の医学生は衛生兵としてロシアの前線に送られることになり、ゾフィーはミュンヘンの駅でハンスたちを見送った。

「ハンスは先週、ロシアに行ってしまったの。わたしがここ数か月と数週間で友だちになった人たちといっしょに。わたしは今でも、ちょっとした別れのことばもしぐさも全部あざやかに思い出せる。あの人たちとこれほど親しくなれるなんてうそみたい」

ゾフィーは友人に語っている。

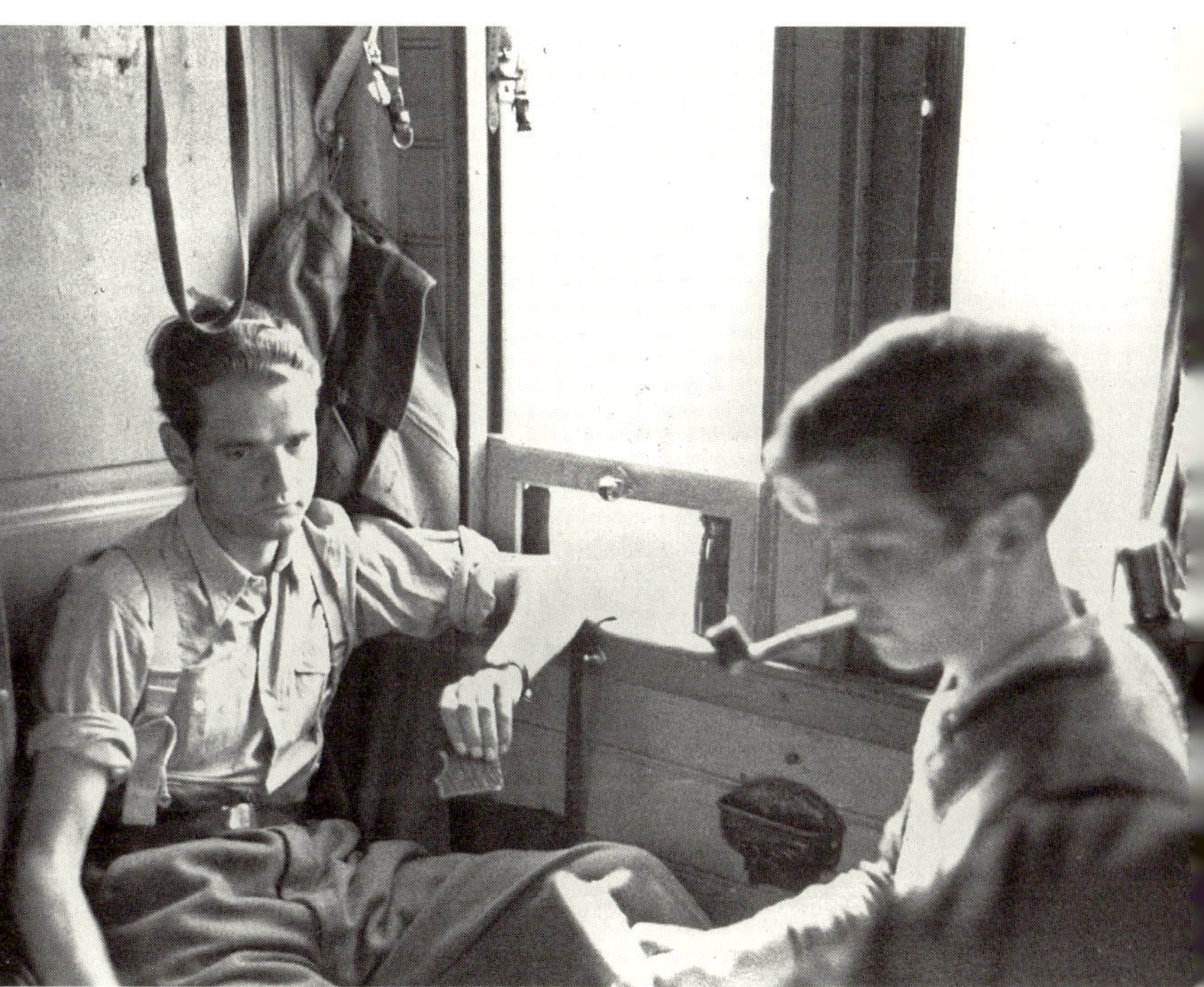

ロシアの前線にむかう軍用(ぐんよう)列車に乗ってくつろぐハンス・ショルとアレクサンダー・シュモレル。

ハンスたちは三日間の列車の旅でドイツからポーランドに入り、戦争で荒廃しきったワルシャワに着いた。ユダヤ人がナチス占領下の全地域から連行されてきて、壁や有刺鉄線で囲われたワルシャワのゲットー（ユダヤ人を強制的に居住させた地域）に収容されていた。しかし、ハンスと友人たちが着いたときには、男性も女性も子どもも、ほとんどすべてのユダヤ人が、ゲットーから出され、町なかを通ってワルシャワ駅まで歩かされ、密閉された家畜運搬車につめこまれて、アウシュビッツをはじめとする死の強制収容所へと送られたあとだった。ゲットーに残っていたユダヤ人も大部分は、飢えや伝染病で死んでしまっていた。「なんと悲惨なことがぼくたちの目の前で起こっていることか。ぼくは、二度とこんなワルシャワを見たくない」ヴィリー・グラーフは日記に書いている。ハンスはミュンヘン大学の教授、クルト・フーバーへの手紙で、「われわれはみな、ワルシャワの町、ユダヤ人ゲットー、なにもかもに強い衝撃を受けました」と、書いている。

列車がロシア前線に近づくにつれて、ハンスはどこまでも広がるロシアの大草原に目を奪われた。「ロシアはとてつもなく広大です。なにをとっても限りというものがありません。住民たちの郷土愛も無限です」ハンスはクルト・フーバーに語っている。

ヒトラーはロシアのこの広大で肥沃な土地に目をつけ、ドイツ人の生存圏にしようともくろんでいた。ナチスは、スラブ人、とりわけロシア人は、「アジアの劣等民族」であるから、根絶され、支配民族であるアーリア人にとって代わられる運命にあると宣伝していた。「この戦いは民族間の相違によるものであり、無慈悲かつ冷酷に行われるべきである」とヒトラーは述べた。

ハンスと友人たちは前線から何マイルか離れたところにある野戦病院に配属された。アレックスはロシア語を話せたため、仲間を地元の農民の家に連れていくことができた。その際、ワインや薬を贈り物として持参し、友情のあかしとして手を差し出した。アレックスは、「うすよごれた灰色の敵の軍服を着て、にこにこしながら、はずかしそうに立っている若い客人に、民謡を歌ってもらえないだろうか」と、農民にたのみ、お礼にバラライカを演奏して、ドイツの民謡を歌った。こうした集まりは、ドイツ軍

陸軍の基地で仲間の医学生と食事をするハンス・ショル、ヴィリー・グラーフ、アレクサンダー・シュモレル（左からふたり目、3人目、4人目）、1942年夏。

にきびしく禁じられていたので、基地から遠く離れた安全な場所にある農家で、夜に行われた。

「ぼくたちはよく農民といっしょに食べたり歌ったり、すてきな曲を演奏してもらったりした。周囲で起きている悲しくおそろしいできごとをしばらくは忘れられることもあった」と、ヴィリーは書いている。

ハンスは、「自分の体が真っぷたつに分かれている」ように感じていた。昼間は近くで銃声を聞きながら、けが人や死にそうな人の手当てをし、夜になると、歌ったり踊ったりしていたからだ。「夜になると、ぼくたちはある女性の家でロシアの歌を聴く……外に出て木陰にすわっていると、やがて月がのぼり、連なる木々のあいだに月光が射しこむ。ひんやりとした空気の中、少女たちがギターに合わせて歌う。ぼくたちは低音部をハミングする。それはそれは美しい曲で、ロシアの心が感じられる。ぼくたちはそんなひとときがたまらなく好き

ロシアの農民たち。流暢なロシア語を話すアレクサンダー・シュモレルは軍の規則を破り、仲間の医学生を連れて、地元の農民の家に行った。

だ」

弟ヴェルナーが偶然、ハンスと同じロシア前線区域に配属になった。ヴェルナーの部隊はハンスたちからほんの数マイルのところにいた。ハンスは騎兵部隊から馬を一頭借りて、ときおり弟に会いにいくことができた。「ふたりで長いこと散歩して、ロシア人の農家に着き……ロシアの歌を歌った。まるで平和そのものの世界にいるみたいに」ハンスは両親に語った。

その年の秋、ハンスとヴェルナーは父親が投獄されたことを知った。父のローベルト・ショルは、事務所で不用意に口にしたことばを秘書に密告され、ゲシュタポに逮捕されたのだ。ローベルトは、ヒトラーのことを「神が人類に与えた災難」と呼び、「もし戦争がすぐに終わらなければ、二年後にはロシア人がベルリンを占拠しているだろう」と語っていた。軽率だった。ナチスの裁判所はローベルトに「総統に対する悪意による名誉棄損」の罪で、禁固四か月の判決を申しわたし、「政治的に信頼できない」として、会計士、税理士の仕事を禁じた。

白バラの配達係がビラを南ドイツじゅうのポストに投函していたころ、アメリカとイギリスの戦闘機はドイツの都市や工業地区に大型爆弾を投下していた。この航空写真に写っているのは、ドイツのマリーエンブルクにある航空機製造工場を急襲したあとのアメリカ第八空軍の爆撃機、1943年。

「判決には驚かなかったが、冷静ではいられなかった」ハンスは母に手紙を書いている。「母さんの手紙を読んだとたん、ぼくの心は怒りと不安でいっぱいになった。平静さをとりもどすのにかなりの時間がかかった……父さんは、はじめはとてもつらいと思う。ぼくにはわかりすぎるくらいわかるよ、外の世界との接触を断たれ、狭苦しい灰色の独房に閉じこめられている気持ちが」

十月の終わりに、ハンスたち医学生は任務を終え、ミュンヘン大学の冬学期に間に合うように、ドイツに送り返され

た。「ぼくは毎日ロシアの美しさに驚いている」ハンスはロシアを発つ準備をしながら、
両親に手紙を書いている。「ドイツに帰ったら、きっとこの地のことが恋しくてたま
らなくなるだろう」
ハンスはこのときすでに、白バラのビラ活動を次の段階に進める準備をしていた。

6 「打倒ヒトラー！」

　ハンスがロシアに行っているあいだ、ゾフィーはウルムの軍需工場で働いていた。大学で学びながら、夏になると二か月間、戦時勤労奉仕をしなければならないことになっていたからだ。

　ゾフィーの仕事仲間はみな女性で、大部分は、侵略したドイツ軍によってロシアから強制的に連れてこられた労働者だった。ロシア人たちは有刺鉄線に囲まれたバラックで暮らしていた。毎日、水のようなスープだけを与えられ、週七十時間働かされていた。ドイツ人女性の労働時間は週六十時間だった。「機械の前に立って、同じ動作を一日じゅう続けるの。大勢の人たちがたくさんの機械の前に立っているのを見ていると、滅入ってくるわ」ゾフィーは友だちに語っている。

　ゾフィーはとなりの機械で働いている「愉快な」ロシア人女性と友だちになった。

ふたりは身ぶり手ぶりを使い、笑顔で会話した。「わたしは、ドイツ人女性がそのロシア人に対していだいているイメージを正すためにがんばる。でも、ドイツ人女性の多くも、そのロシア人に親切だし、ロシア人も同じ人間だってわかってて驚いてるの」ゾフィーは友だちに語っている。

ゾフィーの父親はその夏、近くの刑務所で刑に服していた。ゾフィーは夕方、仕事が終わると、フルートを持って刑務所の敷地に行った。そして壁の外に立ち、鉄格子のついた窓にできるだけ近づいて、古くからドイツで歌われてきた、父親の好きな『思考は自由である』のメロディをかなでた。

なにを考えようと自由である、
ほかの人にはわからないことなのだから。
それはすぐに消え去ってしまうもの
まるで夜影のように。

知ることのできる人もいなければ、
火薬や弾丸で
撃つことのできる猟師もいない。
なにを考えようと自由である！

ハンスと仲間たちは、その秋、ロシアの前線からもどり、大学でゾフィーと合流した。みんなは学生としての生活を再開した。講義に出席し、コンサートに出かけ、バッハ合唱団で歌い、夜になるとそれぞれの家に集まり、本を読んだり話し合いをしたりした。同時に、ばれないように細心の注意をはらいながら、支援の輪を広げ、ドイツのほかの都市にある抵抗グループとの関係を築いていった。

ハンスの恋人だったトラウテはおじの事務用品店から、さらに大きな謄写機を買った。クリスマスにハンブルクに帰省するときには、白バラのビラを持っていき、ハンブルク大学に通う友人たちに見せた。友人たちは複写して、ハンブルクで配布しようと言ってくれた。この友人たちはやがて白バラの「ハンブルク支部」と呼ばれるようになった。

ヴィリー・グラーフは故郷のザールブリュッケンでビラを複写してくれる友人をつのった。ハンスとアレックスは、ベルリンのナチ政府内部で秘密の抵抗運動をしているグループに接触した。ウルムではゾフィーが高校時代の友だち、ハンス・ヒルツェルとフランツ・ミュラーを説得し、白バラのビラ活動に加えることができた。ふたりは、ハンス・ヒルツェルの父親が牧師をつとめるマルティン・ルター教会のオルガンの陰で、こっそり数百枚のビラを印刷し、ドイツのほかの都市に郵送した。父親はまったく気づいていなかった。

こうした活動は、大きな危険をおかしながら、極秘で行われていた。「家族はだれも知りませんでした。ただのひとりも」フランツ・ミュラーは回想する。「ばれたら家族がつかまるかもしれないという思いが、いつもぼくの心の中にありました」

ゾフィーとハンスは常に緊張していた。「わたしはこのごろ、滅入るような……不安な状態から一瞬たりとも自由になれないの。どんなことばを口にするときも、ありとあらゆる角度から分析しないとなにも言えないの」と、ゾフィーは友だちに打ち明けている。そして、ハンスは友人のひとりに、「常に命の危険を感じるようになった」と語っている。

ハンスとアレックスは、大学で学生たちに人気のある哲学の教授、クルト・フーバーに話をしてみることにした。ハンスはロシアからフーバーに手紙を書いたことがあった。フーバーなら、自分たちの考えに共感してくれるとふたりは信じていた。フーバーの講義は機知に富み、刺激的で、大学のいちばん大きな講義室をいつもいっぱいにしていた。

ハンスとアレックスはミュンヘンの自宅にフーバー教授を訪ねた。そして、ふたりが接触した抵抗グループのネットワークが徐々に大きくなっていることや、新たなビラを配布しようとしていることを伝えた。フーバーは抵抗運動に加わると言った。フーバー教授は四十九歳、白髪まじりの髪にほっそりとした体つきで、家庭を持っていた。

秘密の活動にさそった学生活動家たちの倍の年齢だった。

次の第五号ビラには、「白バラ」ではなく、「ドイツにおける抵抗運動のビラ」という見出しがつけられていた。フーバー教授はふたつの草稿を読み、印刷する前に何か所か変更したほうがいいと提案した。

「すべてのドイツ人に呼びかける」と表題をつけられたビラは次のように断言している。

戦争はまちがいなく終わりに近づいている。……東部では軍が後退を続けている。西部では敵の侵攻が間近に迫っている。アメリカ合衆国の軍備はまだ頂点には達していないが、すでにいかなる軍備にも勝る、史上類を見ないものとなっている。ヒトラーがドイツ国民を奈落の底に突き落とすのは確実である。ヒトラーはこの戦争に勝つことはできない。できるのは長引かせることだけである。罪深い政権がドイツに勝利をもたらすことはできない。手遅れになる前に、国家社会主義とかかわるすべてのことがらと縁を切れ。かくれている者、勇気がなく、ためらっている者すべてに、やがて、おそろしい正義の審判が下されるであろう。

今や、戦争の成否をにぎる運命の女神は、ヒトラーにも、かつては無敵を誇ったヒ

ロシアの雪原に掘った塹壕で、負け戦をしているドイツ兵、1942年3月。

第二次世界大戦でドイツがはじめて大敗を喫したスターリングラードの戦いで戦争捕虜となったドイツ兵、1943年2月。

トラーの軍隊にも背をむけていた。アメリカ軍とイギリス軍の戦闘機が、「ブロックバスター」と呼ばれる大型爆弾を毎晩のようにドイツの都市に投下し、大地をゆるがし、建物を粉々に破壊していた。そのあいだ、男性も女性も子どもも防空壕や地下室で身を寄せ合っていた。東部の前線では、激しくなる抵抗と、ロシアの厳しい冬の寒さのために、ドイツ軍はソ連の奥地まで進軍できなくなっていた。ヒトラーの軍隊はぬかるんだ雪にすっかり足をとられていた。一九四三年二月二日、ドイツ軍はロシア南西部の都市スターリングラードでロシア軍に包囲され、多くの死傷者を出して降伏した。包囲された三十三万人のうち、生きてドイツに帰れたのはわずか数千人だった。

クルト・フーバーは、スターリングラードですさまじい数の死者を出したことに激しく怒り、みずから第六号のビラを書くと言った。「われわれドイツ国民はスターリングラードでこれほど多くの命が失われたことに衝撃を受け、心を痛めている。三十三万人のドイツ人が、第一次世界大戦伍長のあっぱれな戦略によって、無意味に、そして、無責任に死と破滅に追いやられた。総統、ありがとう！」

第五号と六号は、それまでのビラよりはるかに大量に印刷された。しかし、新しい謄写機もまだ手動だったし、ビラは手で折り、切手をはった封筒に入れなければならなかった。学生たちはアイケマイヤーの地下室でいく晩も交替で作業し、数千枚のビラをつくった。ハンス、ゾフィー、アレックス、トラウテ、ヴィリーをはじめとするメンバーは交替で、郵便配達人のように、ビラをつめたリュックサックやスーツケースを持って、列車で遠くの町まで行き、そこでさらに遠くの町にあてたビラを投函した。そうすれば、ビラは消印のおされた町とはちがう町に届く。シュトゥットガルトで投函されたビラがフランクフルトで配られ、ウィーンで投函されたビラはザルツブルクで受け取られる。抵抗運動が実際よりもはるかに広がりを見せているという印象を与えることができる。同時に、学生たちは夜になると数百枚のビラを、電話ボックスや駐車中の車、アパートのロビーに置いた。

配達係は、列車の中で警察の手荷物検査がいつあってもおかしくないと考えていた。ミュンヘンで列車に乗ると、ひとつの車両の網棚にリュックサックやスーツケースをのせ、それから、別の車両に移動し、目的地に着くまでそこにすわっていた。もし警察が捜索を行い、ビラを発見したとしても、ビラの持ち主はわからない。

目的地に着くと、再びビラを手に、暗やみの中に歩き出す。戦時下のだれもいない真っ暗な夜道を歩いて、人目につかない郵便ポストをさがす。そして、スーツケースが空になると、また列車に乗ってミュンヘンにもどった。

配達係はつかまったときのことを考えて、常にひとりで行動した。職務質問された場合でも、旅行の理由をきちんと説明できるように念入りに練習を重ねていたし、いつでも必要な身分証明書を提示できるよう準備していた。

これほど用心深くしていても、混雑した列車の通路や、見知らぬ町の見知らぬ通りで制服姿の警察官が近づいてくると、覚悟を決めなければならなかった。どんなにこわくても身ぶるいひとつせずに職務質問を受け、目にも顔にも表情を浮かべず、素知らぬふりを通さなければならない。ばれたら次の旅はないということをみなよく承知していた。

ゾフィーはこうした配達の折、ウルムに立ち寄って両親をたずねたとき、父親にビラを見せたいという衝動をおさえることができなかった。ゾフィーは、ミュンヘンで「見つけた」と父にうそをついた。ローベルト・ショルは興味深そうにビラを読むと、「これは明らかに抵抗する者がいるという証拠だ。いいことだ」と言った。それから、心配そうな顔で娘を見て、「ゾフィー、おまえとハンスがかかわっていないといいんだが」と言った。

「お父さん、どうしてそんなことを考えるの？　ミュンヘンじゅうで不穏な動きがあるのは事実よ。でも、ハンスもわたしも関係ないわ」

フーバー教授はビラ第六号の執筆に余念がなかった。ハンス、アレックス、そしてヴィリーは、これまでになく危険な作戦を実行していた。夜遅く、ミュンヘンの真っ暗な通りに出て、交替で、ひとりが弾をこめたピストルを手に見張りをし、残るふたりが大学や公共の建物の壁に反ナチスのスローガンを塗料で書いて回った。三人は消しにくいタール系の黒い塗料で、「自由！」「打倒ヒトラー！」「大量殺人者ヒトラー！」と書いた。さらに、ナチスの象徴である鉤十字を描き、上から塗料で×印をつけた。

ある朝、ゾフィーは授業に行く途中でその落書きを見た。大学の正面入り口に集まった大勢の人たちが、ふたりのロシア人強制労働者の女性たちのしていることを見つめている。ふたりは守衛に見張られながら壁の落書きをこすって消そうとしていた。「自由！」と黒い文字で書かれた落書きは一メートル近くもあった。ハンスがかかわっているのではないかと疑ったゾフィーが、「兄さんが書いたんでしょ？」ときくと、ハンスはうなずいた。ゾフィーは自分も落書き作戦に加わりたいと言ったが、ハンスは強く反対した。危険すぎるというのだ。

ドイツの数都市で出回っているビラや、ミュンヘンの壁に書かれた反ナチスのスローガンは、ナチスの秘密国家警察であるゲシュタポの緊急捜査の対象となった。ビラの執筆者をつかまえ、「すみやかな逮捕」に結びつけることを目的とした特別捜査班がつくられた。犯人に関する情報提供者には報奨金が支払われる。

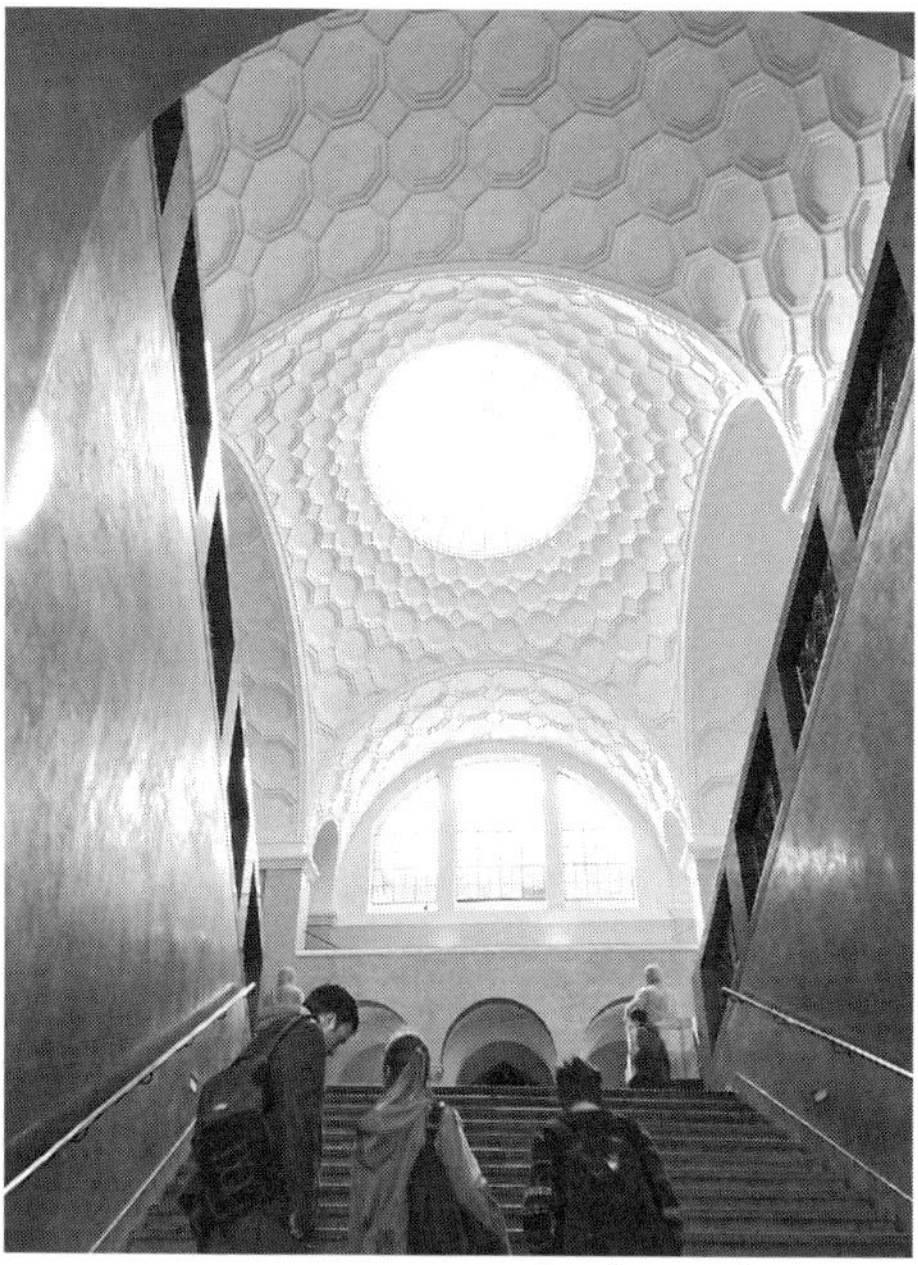

ミュンヘン大学のリヒトホーフ（吹き抜け）と呼ばれる光あふれるアトリウム（玄関ホール）。ガラスの円天井がある。

アレックスはよく言っていた。「ぼくはいつも思っていたよ。捜査が行われれば命を失うこともありうるって。でも、それがなんだっていうんだ。国家社会主義と闘わなきゃっていう切羽つまった思いのほうが強かったんだ」

7 逮捕(たいほ)

一九四三年二月十八日木曜日の朝、ハンスとゾフィーはフランツ・ヨーゼフ通り十三番の学生アパートを出て、数ブロック先にある大学にむかった。ハンスはおよそ千五百枚のビラが入った大きなスーツケースを、ゾフィーは数百枚のビラが入った書類(しょるい)かばんを手にしていた。

ふたりは通いなれた道を大学にむかう。フランツ・ヨーゼフ通りから、両側(りょうがわ)に背(せ)の高いポプラの木がならぶレオポルト通りに出たら南へ曲がる。右手にある芸術(げいじゅつ)アカデミーを過(す)ぎ、左手にある巨大(きょだい)な勝利(しょうり)門を通(とお)り越(こ)して、先を急ぐ。四頭のライオンに戦車(せんしゃ)を引かせているババリア女性(じょせい)の像(ぞう)が、勝利(しょうり)門のてっぺんからふたりをたたえるように見守っている。

ハンスとゾフィーは大学広場を横切り、大学本館に入る。短い階段(かいだん)をのぼると、大

ハンスとゾフィーはビラのつまったスーツケースを持って、大学広場にあるこの噴水を通り過ぎ、大学正面のアーチをくぐり、短い階段をのぼって、ガラスの円天井のあるアトリウム（玄関ホール）に入った。

ミュンヘンのフランツ・ヨーゼフ通り13番。大学生のハンス・ショルとゾフィー・ショルが住んでいたところ。

理石でできた広い玄関ホールに着く。ホールには、三階の上にあるみごとなガラスの円天井から太陽の光がふりそそいでいる。大きな石の階段がホールから上の階へと続き、ガラスの円天井の真下には回廊がある。

玄関ホールに人の姿はなく、静かだった。ハンスとゾフィーは、学生たちが、ドアを閉めた講義室で授業を受けているあいだに大学に着き、授業が終わる前に建物じゅうにビラをまき、見つからずにそっと外に出るつもりだった。

抵抗を呼びかける自分たちの声に学生たちが応えてくれる時が来たと、ふたりは確信していた。くすぶり続けている不満がドイツじゅうで表面化する機会が増えていた。スターリングラードでの大敗後、軍隊すらヒトラーに背をむけつつあるといううわさが流れていた。ミュンヘンではちょうど一か月前に、学生たちが怒りのデモを行ったばかりだった。ナチ高官でバイエルン州首相のパウル・ギースラーの侮辱的な発言に抗議するためだ。

ギースラーはミュンヘン大学の創立四百七十周年を記念する大きな集会で演説し、

学生たちを厳しく批判していた。学生たちは戦争中なのに本に没頭しているというのが理由だ。「現実の生活を体現していない者は、頭がいいとはいえない。明るく、楽しく、人生を肯定する教えをもって、現実の生活をわれわれに伝えてくれるのはアドルフ・ヒトラーただひとりである！」

ギースラーは、男子学生の多くが学業を兵役逃れの言い訳にしていると非難した。さらに、女子学生をやり玉にあげて、次のようにかみついた。「女子学生について言えば、本来女性のいる場所は大学ではなく、家族のもと、とりわけ夫のかたわらである。女性は健康な肉体を学業ではなく、祖国の役に立つ赤ん坊を産むために使うべきである」さらにギースラーは底意地の悪い目つきで言った。「男性の心を射止めるだけの美しさがない女性には、わたしの副官を喜んで貸してあげよう」

ギースラーのことばを聞いた聴衆は、立ち上がってブーイングをしたり、口笛をふいたり、どなったりして抗議した。怒った聴衆が席をけって会場を出ようとすると、突撃隊員がそれをおさえようとしたため、取っ組み合いやなぐり合いが起こった。数十人の学生がその場で逮捕され、数百人が通りにおし寄せた。男子学生も女子学生もともに腕を組んで、歌ったり叫んだりしながら大通りを行進し、公然とナチスに抵抗した。ナチスドイツでは、かつてないことだった。非常事態宣言がミュンヘンに出され、電話は使えなくなり、ラジオ放送は止められた。

クルト・フーバーが書いたビラ第六号は、「学生諸君！」と呼びかけたもので、大量殺人ともいえるスターリングラードでの大敗北は、「ドイツ国民がこれまでになくがまんさせられてきた史上最悪の独裁者」ヒトラーのせいだと断じた。「もっとも可能性を秘めた若い時期に国民をまひさせ、革命思想をふきこみ、兵士に仕立て上げようとした」としてナチスを非難した。「ナチスのいう『理性的訓錬』とは、あいまいで空虚な表現を使って、国民の知的発達を初期の段階でおさえこむ軽蔑すべきやり方のことだ」さらにビラは、「下品な冗談で」女子学生の名誉を傷つけたとして、パウル・ギースラーを公然と非難した。そして、「ついに決着をつけるときが来た」と宣言して、「今こそ立ち上がれ、復讐せよ、つぐないをせよ、われわれ国民を苦しめる者たちを倒し、新しい精神的なヨーロッパを打ち立てよ」と、ドイツの若者に訴えた。

ハンスとゾフィーはこのビラを配り始めた。二手に分かれて、整然と、だれもいない廊下を行ったり来たりしながら、講義室の閉まったドア近くにビラのたばを置いていく。玄関ホールのあちこち、大きな階段の踊り場、大理石のたなや窓台にはほかより多く置き、講義が終わる前に急いで終えようとしていた。いよいよこれで終わりというとき、ゾフィーはスーツケースに残っていたビラを手に取り、衝動的に宙にまいた。ビラはだれもいない真下のホールに舞い落ちていく。

そのときだった。用務員のヤーコプ・シュミットがホールに入ってきた。シュミットはビラを拾い、ひと目見て、三階にいるハンスとゾフィーに気づいた。「動くな！」シュミットは叫んだ。「止まれ！　逮捕する！」そのとき、講義室のドアが開いて、学生たちがどっと廊下に出てきた。シュミットは叫び続けながら、学生たちをおしのけて階段をかけ上がった。ハンスとゾフィーは空のスーツケースを持ったまま、おし寄せてくる人ごみにまぎれようとした。しかし、シュミットはどうにかハンス

ゾフィーがひとつかみの白バラのビラを玄関ホールに投下したバルコニー。

の腕をつかんだ。兄のかたわらにいるゾフィーは落ち着いた様子だった。これほどたくさんの目がある中では、逃げようとしてもむだだった。ふたりはうまく言い逃れをするしかないと思った。

シュミットはハンスとゾフィーを大学の学長室に連れていった。廊下にいた学生たちは不安げにうろうろしていた。ビラを拾って読む者もあれば、ちらっと見てあわてて捨てる者もあった。警報装置が鳴り響き、建物の出口にはすべて鍵がかけられた。

三十分もしないうちに、白バラ捜査の責任者であるローベルト・モーア率いるゲシュタポの特別捜査班が到着した。はじめのうちモーアは、用務員のシュミットがまちがって逮捕したにちがいないと思っていた。これほど落ち着きはらって学長室にすわっている、礼儀正しく、身だしなみもしっかりした兄妹が、政府を倒そうとする運動にかかわっているはずがない。モーアはふたりの身分証明書をあらためた。どこにも不備はない。ふたりはれっきとしたミュンヘン大学の学生だ。ゾフィーは、なぜ空のスーツケースを持っているのかときかれると、ふたりでウルムに帰省し、洗った洗濯物と新しい服を持ってミュンヘンにもどるつもりだった、と何食わぬ顔で答えた。

取り調べの最中、ハンスは、クリストフ・プロープストが手書きした新しいビラの草稿が、上着のポケットに入っているのに気づいた。ゲシュタポの捜査員が背をむけたすきに、ハンスはポケットからその草稿をそっと取り出し、いすの下で細かくちぎり始めた。しかし、見つかって、紙片はみな回収された。ハンスは、「これは見知らぬ学生から手わたされたもので、なにが書いてあるか、まったく知らない」と、しらを切った。逮捕されれば、この紙ひとつで有罪になるかもしれない。

ゲシュタポは大学の建物をしらみつぶしに捜し回り、廊下や階段、玄関ホールにまかれたビラを集めた。最後の一枚まで集め終わると、ビラは学長室に運ばれ、きれいに積み上げられ、それからスーツケースとゾフィーの書類かばんに入れられた。ビラはぴったりおさまった。

モーアは、「ふたりに手錠をかけて、ゲシュタポ本部に連れていけ。まだ取り調べは終わっていない」と命じた。学友のひとり、クリスタ・マイヤー＝ハイドカンプはふたりが連行されていく様子を次のように回想している。

大学の出口はすべて封鎖されていた。学生たちはアトリウム（玄関ホール）に集まるよう指示された。ビラを持っている者は指定された回収人にビラをわたせと言われた。わたしたちは二時間そこにじっと立って待っていた。すると、手錠をかけられたハンス・ショルと妹が、わたしたちの前を連行されていった。ハンスは最後にわたしたちのほうをちらっと見たが、知り合いがいても顔の筋肉ひとつ動かさなかった。そんなことをしたら、ゲシュタポに親しい学友をばらすことになるとわかっていたからだ。

ハンスとゾフィーは、待っていたゲシュタポのバンにおしこまれ、連れていかれた。

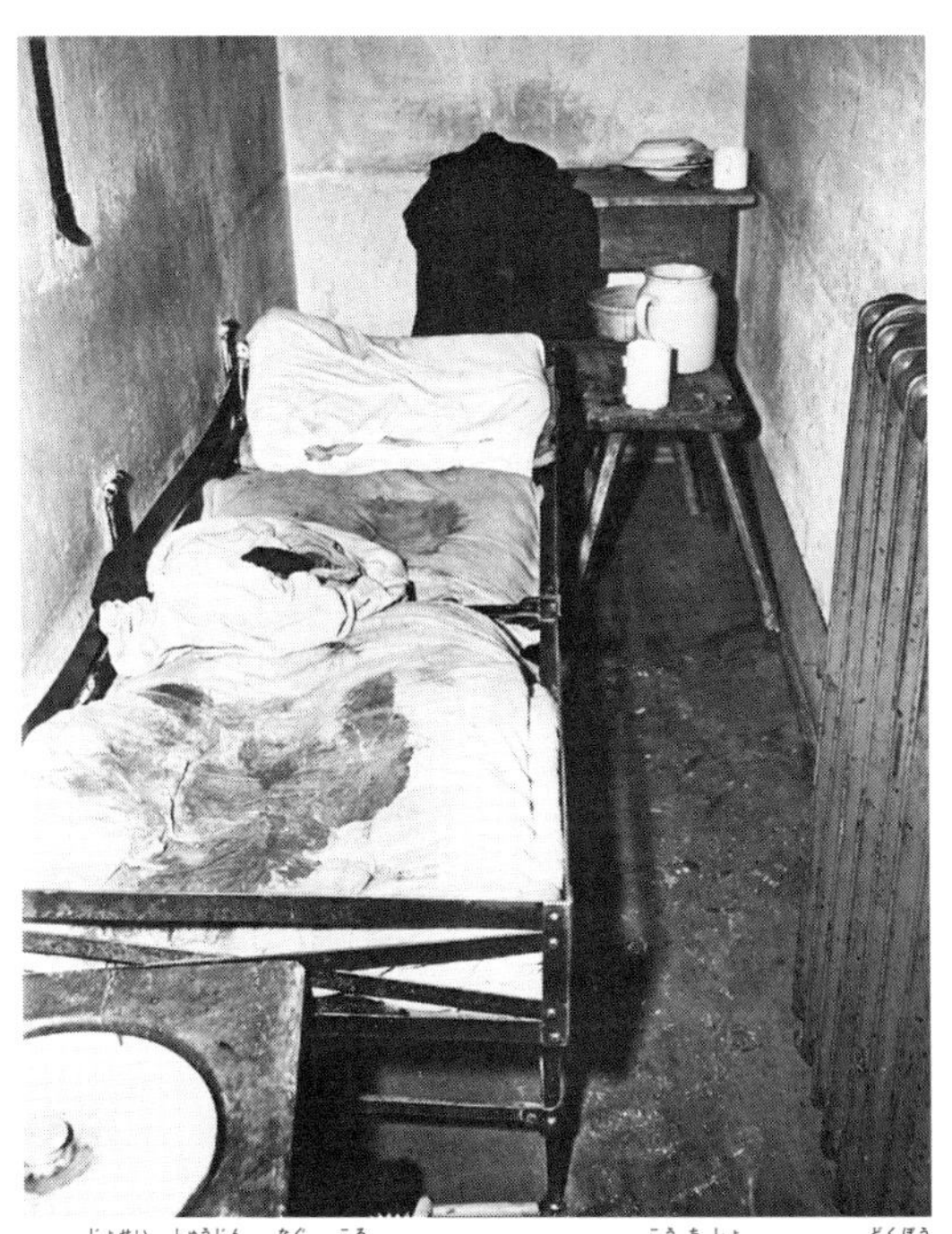

ある女性の囚人が殴り殺されたゲシュタポの拘置所内にある独房。血にそまったベッドの中央にはこの女性の衣服が置かれている。

8 「自由万歳！」

ハンスとゾフィーは四日間、ゲシュタポ本部に留置されていた。ふたりは昼も夜も別々に取り調べを受けた。一回の取り調べは数時間におよび、だれかの訪問を受けることも、たがいに連絡を取り合うことも許されなかった。

最初はふたりとも、白バラのビラについてはなにも知らないと言い張った。用務員のシュミットが見まちがえたのだと。玄関ホールに立って、三階の上にあるガラスの円天井から射しこんでくる太陽の光を見上げれば、まぶしくて、だれがビラを投げ落としたかなんて、わかるわけがない。たくさんの学生が講義室からいっせいに出てきて、廊下や階段でうろうろしていたから、シュミットは混乱して、人ちがいをしたのだ。ハンスとゾフィーが落ち着いて自信たっぷりに話したので、主任尋問官のローベルト・モーアはもう少しでふたりの話を信じるところだった。

一方、ゲシュタポの捜査官は、フランツ・ヨーゼフ通りにあるハンスとゾフィーそれぞれの部屋を調べていた。そして、未使用の切手数百枚と封筒、個人的な手紙、ゾフィーの手書きの会計簿を見つけた。会計簿にはたくさんの氏名と、事務用品の支出一覧が記されていた。ゲシュタポは近隣で聞きこみをして、ビラがつくられたアイケマイヤーのスタジオをつきとめた。そこには、学生たちのタイプライターや謄写機、塗料や刷毛があった。塗料と刷毛は、大学の壁に反ヒトラーのスローガンを書くのに使われたものだ。

ゲシュタポの捜査官はまた、ハンスが始末しようとした手書きの原稿をつなぎ合わせることができた。その筆跡は、ハンスの部屋で見つかったクリストフ・プロープストから来た手紙の筆跡と一致した。二月十九日金曜日、クリストフも逮捕された。ハンスとゾフィーは知らなかったが、クリストフは同じ建物に留置され、尋問を受けていた。

ハンスとゾフィーは、たくさんの証拠をつきつけられて、もうこれ以上言い逃れはできないと判断した。そのため、ふたりはクリストフを守り、ほかの仲間に疑いがかからないようにするために、作戦を変更し、すべてを認めた。ハンスとゾフィーはそれぞれ、ビラを書き、配布したのは自分たちふたりだと言った。白バラ運動はふたりだけで計画し、実行したと主張したのだ。

ローベルト・モーアはゾフィーを説得して、「自分は兄に反対だった。結果がどうなるかわからないまま、兄についていっただけだ」と言わせようとした。しかし、ゾフィーは拒否した。「わたしは兄にそそのかされて、まちがったことをしたわけではありません。わたしは自分のしていることをきちんと理解していました。きっと、何度でも同じことをするわ。だって、まちがったことはしていないのですもの。まちがった考え方をしているのはあなた方のほうです」

モーアはハンスとゾフィーの態度に感銘を受けた。「ゾフィーとハンスのショル兄妹は、最期のときまで、立派としかいいようのない態度をつらぬきました。自分たちの活動の目的はただひとつ、ドイツにこれ以上の苦難が襲いかかるのを阻止すること、そして、もしできるなら、ドイツ兵やドイツ国民数十万人の命を救うことだと……言っていました。……そのために命を落とすことになってもむだではないと確信していたのです」と、モーアは述べている。

ナチスの高官らは、すぐに裁判を行い、有罪判決を下すよう要求していた。ハンス、ゾフィー、クリストフ、そして、三人と共謀したすべての者たちを見せしめにしようというのだ。

一九四三年二月二十二日、月曜日、午前十時、最初の逮捕から四日後、ゾフィー、ハンス、そして、クリストフは、ミュンヘンの「正義の宮殿」と呼ばれる州立裁判所で開かれる民族裁判の法廷に引き出された。民族裁判は公正な裁判を行うためではなく、ナチ体制に反対する者を根絶やしにするという目的のためだけに行われた。その日の朝、法廷は、ナチス高官、突撃隊員、軍の関係者など招かれた傍聴人で埋めつくされていた。被告人の家族や友人は傍聴を許されていなかった。

起訴状によると、三人の罪は、「敵を助ける裏切り行為」「国家に逆らう準備」「軍の戦意を奪う行為」だった。被告人の証人はおらず、裁判は、それまでの四日間にゲシュタポによって集められた証拠のみに基づいて行われることになっていた。三時間半におよぶ裁判のあいだ、法廷が指名した被告人の弁護士たちはひとことも口をきかずに、それぞれの席にすわっていた。被告人の弁護をするのが仕事だったが、被告人のために発言することはただの一度もなかった。

裁判長のローラント・フライスラーは、法廷で芝居がかった言動をしたり、彼の前に立つだけでも不幸な被告人を、情け容赦なくいじめたりすることで知られていた。フライスラーは何度となく死刑宣告をしてきたが、その際いつも、劇的効果をねらって、いったん口を閉じ、腕をふり下ろす動作をしたあと、「首をはねよ！」と叫んだ。ヒトラーは政治犯を処刑する際、好んでギロチン（二本の高い木の柱のあいだに、顔を下にして人を寝かせ、上につるしてある大きな刃を落として、その人の頭を切断する装置）を使った。

フライスラーは金の縁取りがある真紅の法服を着て、毛のない頭に赤い帽子をかぶって、さっそうと法廷に入ってきた。三人の判事補がそれに続いた。四人が入ってくると、傍聴人は立ち上がり、右腕をのばして、「ハイル・ヒトラー！」と叫んだ。

ナチスの裁判官、ローラント・フライスラー（鉤十字の旗の下にすわっている人物）は、民族裁判のあいだずっと立っている被告人にきびしい質問をあびせた。

被告人は起立したまま起訴状の朗読を聞くように命じられた。その後、三人は短時間の申し開きを許された。フライスラーはいらいらと、絶えず口をはさみながら聞いていた。「わめきちらしたり、どなったり、声を裏返して叫んだり、ときおり急に立ち上がったりしながら、被告人のことばを聞いていた。フライスラーは裁判のあいだずっと、裁判官というより検察官のようにふるまっていた」と、傍聴人のひとりは語っている。

ゾフィーは自分のしたことは正しいと主張し、決して後悔していないと言った。「わたしたちが言ったり書いたりしたことは、多くの人たちが正しいと思っていることです。ただ、ほかの人たちにはそれを声に出していう勇気がないだけです」ゾフィーがフライスラーの意地の悪いことばに屈することはなかった。

ハンスは自分の番が来ると、クリストフに寛大な判決を下すようにとフライスラーに求め、クリストフはビラ活動にはかかわっていないからだと、その理由を述べた。するとフライスラーはハンスに、「自分のことを言わないなら、口を閉じよ！」と命じた。

クリストフ自身も、妻が病気であること、自分が処刑されたら、三人の子どもに父親がいなくなることを理由に、寛大な処置を求めた。

判決に疑問の余地はなかった。短い休憩ののち、午後一時三十分、フライスラー裁判長は、三人の被告に有罪を宣告し、ギロチンでの死刑を申しわたした。政権に反対

民族裁判所の裁判長、ローラント・フライスラー。「首切り裁判官」として悪名高いフライスラーは、被告に好んでギロチン台での死刑を宣告した。

した罪で三人は命を失うのである。「これ以上刑を軽くすれば、戦争に対する国民の支持を弱めることになる」とフライスラーは法廷にいる人たちに述べた。

判決文が読み上げられている最中、法廷の入り口でこぜり合いがあり、朗読は中断された。ハンスたちの父親ローベルト・ショル、母親マグダレーネ・ショル、そして、ロシア前線から休暇で帰っていた末っ子のヴェルナーが、入廷を求めていたのだ。ローベルト・ショルは守衛ともみ合っていた。守衛はローベルトをおしもどそうと必死だった。フライスラー裁判長は家族を追い出すよう守衛に命じた。三人がドアの外に追い出されるとき、ローベルトは叫んだ。「もっと次元の高い法の前にこそ、われわれは立つべきだ！」

ヴェルナーは軍服を着ていたため、判決文の朗読が終わり、傍聴人が退廷するのにまぎれて、中に入ることができた。泣きながら兄と姉をだきしめるヴェルナーに、ハンスは言った。「強気で行くぞ。妥協なんかするものか」

判決のあとすぐに、三人はミュンヘンのシュターデルハイム刑務所に移された。ローベルトとマグダレーネは、なんとしても最後にもう一度子どもたちに会いたいと刑務所に急いだ。ふたりに同情した守衛たちは規則を破り、両親が短い時間最後の面会を果たすのを許可した。ハンスが最初にうす暗い面会室に連れてこられた。ハンスは両親に、「産んでくれてありがとう。愛し、支えてくれてありがとう。ぼくはもうだれのことも憎んでいない。すべては過去のことさ」と語った。

「おまえは歴史に名を残す。いくらこんなことがあったとしても、正義というものは必ず存在する。わたしはおまえたちふたりのことを誇りに思っているよ」と父親は応じた。

ハンスは、友だちによろしく伝えてほしいと両親にたのんだ。最後の友人の名を言うと、ハンスは下をむいて涙した。しかし、すぐに体を起こし、両親をだきしめた。そして、部屋の外に連れ出された。

次に、ゾフィーが連れてこられた。部屋に入るなり、ゾフィーは両親にほほえんで見せた。母親は、「お菓子はどう？」と、ふつうの日のふつうの会話をするようにきいた。

「ええ、もちろんいただくわ。まだお昼を食べてないの」ゾフィーは答えた。

マグダレーネはゾフィーの手を取って、言った。「ゾフィー、ゾフィー、おまえはもう二度とうちに足をふみ入れることはないんだね」

「二年か三年なんてあっというま、たいしたことないわよ、お母さん」ゾフィーは答えた。そのあと少し口をつぐみ、それから続けた。「わたしたちはすべての責任を引き受けたの。やがてまちがいなく、わたしたちに応えてくれる人が現れるはずよ」

捜査責任者のローベルト・モーアが、面会を終えたゾフィーの独房に行くと、ゾフィーは泣いていた。「今、両親にお別れを言ってきたの。あなたにもわかっていただけると思うわ」とゾフィーは言った。モーアは心をゆさぶられ、ゾフィーになぐさめのことばをかけようとした。「わたしはゾフィーの勇気や神への信仰心に深く心を打たれました」とモーアはのちに書いている。

クリストフは最期のときに、家族に会うことはできなかった。妻は三人目の子どもを産んだあと、まだ退院できずにいたからだ。

午後四時、ハンス、ゾフィー、クリストフは順に刑務所の事務室に連れていかれた。大きなテーブルにすわる主任検察官の前に立たされ、主任検察官が、死刑に処すという正式な通知書を読み上げるのを聞いた。「寛大な処置はとられない。処刑は五時きっかりに行われる」

「三人ともおどろくほど勇敢にふるまっていました」刑務所の守衛のひとりはインゲ・ショルに語っている。「刑務所じゅうの者が感銘を受けました。だから、わたしたちは危険をおかして、死刑執行前の最後の瞬間に三人をもう一度だけいっしょにしてやることにしたのです。ばれたら、わたしたちはただではすまなかったでしょう……三人がいっしょにいられたのは、ほんのわずかな時間です、でも、三人にとっては大きな意味があったとわたしは思います」

刑務所の教誨師がそれぞれの独房を訪れて、最後の説教を行い、聖書の一節を読んだ。教誨師が読んだのは、「人がその友のために自分の命を捨てること、これよりも大きな愛はない」というヨハネによる福音書の一節だった。

午後五時、ゾフィーが処刑室に連れていかれた。ヨハン・ライヒハートという死刑執行人がゾフィーを待っていた。ライヒハートは長い黒の上着、白いシャツ、黒の蝶ネクタイ、しみひとつない白い手袋を身に着け、黒のシルクハットをかぶっていた。ライヒハートは、大きな木枠に鋭い刃がつるされたギロチンのわきに立っていた。ゾフィーの両側にいたふたりの守衛がゾフィーをギロチンの所定の位置に乗せた。ゾフィーが処刑室に入って五秒後、刃の固定装置がはずされ、刃はにぶい音を立てて落下した。ゾフィー・ショルは死んだ。二十一歳だった。

ゾフィーに続いてハンスが処刑室に入った。ハンスは二十四歳だった。最後にクリストフが首をはねられた。クリストフは二十三歳、三人の子どもの父親だった。

ゾフィーとクリストフはなにも言わずに死んだ。しかし、ハンスは最後の抵抗をせずにはいられなかった。頭を断頭台に固定される直前、ハンスは叫んだ。「自由万歳！」

ミュンヘンのシュターデルハイム刑務所（けいむしょ）。ゾフィー・ショル、クリストフ・プロープスト、そして、ハンス・ショルはここで首をはねられた。

9　心の声に従って

ハンス、ゾフィー、そして、クリストフは死んだ。だが、三人の声を封じることはできなかった。三人の処刑から数日のうちに、ミュンヘン大学の壁に新しいスローガンが書かれた。「ショルは生きている！　肉体は滅ぼせても、魂は滅ぼせない！」

逮捕は続いた。ハンスとゾフィーの逮捕からまもなく、アレクサンダー・シュモレル、ヴィリー・グラーフ、そして、クルト・フーバー教授が拘留された。百人以上の容疑者が、ひとり、またひとりと、ゲシュタポの捜査網にかかり逮捕された。被告の友人だからとか、家族だからという理由だけで逮捕された人もいる。ナチスの一族連帯責任制度によって、「政治犯」の親、配偶者、きょうだい、そして、子どもたちまでもが連帯責任をとらされ、拘留された。

残されたショル家の人たちもみな逮捕された。ヴェルナーだけは逮捕されずにロシアの前線に送り返されたが、そこで戦死した。ゾフィーの二番目の姉、エリーザベトは健康状態がすぐれなかったため、すぐに釈放されたが、母親のマグダレーネと長女インゲはそれぞれ独房に入れられ、四か月尋問を受けたあと、釈放された。ゾフィーの母親とふたりの姉は一九四三年八月の裁判で無罪を申しわたされたが、父親のローベルト・ショルには重労働による懲役二年の判決が下された。

フーバー教授の妻と妹も連帯責任をとらされ、投獄された。ふたりは白バラについて、なにも知らないといってもよかった。フーバー教授の十二歳の娘はゲシュタポに監視され、「両親のことをきかれたら、旅行中だと答えろ」と指示された。

一九四三年四月十九日、ミュンヘンで民族裁判が再開され、反ナチスを唱える白バラメンバーの二回目の裁判が行われた。クルト・フーバー、アレクサンダー・シュモレル、そして、ヴィリー・グラーフは、白バラの活動に積極的にかかわったとして起訴されていた。ほかにも十一人の被告が、ビラの配布を助けた罪や、「ビラの配布が国家反逆罪にあたると知りながら通報しなかった」罪で告発されていた。被告人のほとんどが二十代前半の学生で、四人は十代の若者だった。法廷を埋めつくしていたのは今回もまたナチスの高官たちで、裁判長はまたローラント・フライスラーだった。「国家社会主義的生活を危険にさらす者は、国家反逆罪で死に値する」フライスラーは告げた。

十四時間におよぶ審理ののち、アレックス・シュモレル、ヴィリー・グラーフ、そして、クルト・フーバー教授はギロチンでの死刑を宣告された。ほかの十人の被告には懲役刑が下され、残るひとりは無罪とされた。ナチスの宣伝相ヨーゼフ・ゲッベルスはフライスラー裁判長に対して、死刑は慎重にと指示していた。ゲッベルスの言うように、先の「ミュンヘンでの死刑判決は国民に理解が得られなかった」からである。

アレックス・シュモレルとクルト・フーバーは一九四三年七月十三日に首をはねられた。ふたりは寛大な処置を願い出ていたが、ヒトラー自身によって却下されていた。「ぼくは強い信念と真実に従って行動しました。ですから、心安らかに旅立つことができます」アレックスはそう両親に手紙を書いた。

民族裁判の法廷。裁判官たちの前に立つ被告は未遂に終わったヒトラー暗殺計画にかかわったとして告訴されていた。写真の女性は処刑された。

ヴィリー・グラーフは裁判ののち独房に六か月間閉じこめられ、「白バラのメンバーはほかにいないか、名前をあげよ」と、毎日きびしく尋問された。しかし、ゲシュタポの試みは成功しなかった。ヴィリー・グラーフはだれの名前も明かさないまま、一九四三年十月十二日、友人たちと同様に、処刑室に送られた。

その後数か月にわたって、さらに多くのメンバーが逮捕され、裁判にかけられ、処刑された。「ナチ党は十倍の恐怖をもって恐怖を断ち切らねばならぬ」ヒトラーは宣言した。「裏切り者は根絶しなければならない――たとえそれが何者であろうとも、たとえどんな仮面をかぶっていようとも」

しかし、いくらゲシュタポがナチスへの反対の芽をことごとくつもうとしても、新しい白バラのビラが、ドイツ国内だけでなく国外にも出回っていた。ビラには「なにがあっても、彼らの魂は生き続ける！」と、太字で宣言していた。

「わたしは、フランクフルター・ツァイトゥング紙（ヒトラーによって一九四三年に発刊禁止とされたが、第二次大戦後フランクフルター・アルゲマイネ・ツァイトゥングとして復刊されたドイツの代表的な日刊紙）の編集室で、ビラを手におしこまれた時の興奮を忘れることはできません」あるドイツのジャーナリストは回想する。「ビラはハンブルクで白バラを支持する人たちによって配られたものでした。タイプで打たれ印刷されたビラには、わたしたちを奮い立たせ、勇気づける、なんとも不思議な力がありました。わたしたちはそれを複写し、配りました。熱い思いにつき動かされて行動せずにはいられなかったのです。わたしたちのおかした危険なんて、ものの数ではありませんでした」

ビラのうわさは強制収容所にも伝わり、希望の光をもたらした。複写されたビラは、ナチスの支配を受けていない中立国のスウェーデンやスイスにこっそり持ちこまれ、そこからロンドンにわたった。一九四三年のうちに、イギリスの戦闘機がドイツの市や町の上空から白バラのビラを何万枚と投下した。ビラには「ドイツのビラ　ミュンヘンの学生たちによる宣言書」と太字で書かれていた。こうして、白バラ抵抗運動の学生たちの声は、数百万の人たちに届いていた。それは、ナチス占領下の地域だけでなく、ナチスに占領されていない地域にもおよんでいた。

アメリカからは、連邦政府の戦時ラジオ放送「ボイス・オブ・アメリカ」を使って、亡命したドイツ人作家で、ノーベル賞受賞者のトーマス・マンが、白バラ抵抗運動の学生たちに賛辞を送った。「勇気ある、偉大な若者たちよ！　君たちの死はむだではなかった。わたしたちは決して君たちのことを忘れない」

一九四四年夏、ドイツ軍はヨーロッパじゅうで防戦一方となった。東部の前線にいたロシア軍と、アメリカ、イギリス、フランスの連合軍が、ナチスのいう「ヒトラーの第三帝国（ナチスはみずからの支配体制を、神聖ローマ帝国、ドイツ帝国を引き継ぐ第三の帝国だと称していた)」に迫ってきていた。

八月、連合軍がパリを解放した。一九四五年四月、西に進んでいたロシア軍がドイツ東部を流れるエルベ川の沿岸で、東に進んでいたアメリカ軍と合流した。ヒトラーは空爆で廃墟と化したベルリンの地下壕にこもった。四月三十日、ヒトラーが自殺し、五月七日、ドイツは降伏した。

終戦直前、まだ服役していた白バラのメンバーたち(その多くは処刑を待っていた)は、進軍してきた連合軍によって解放された。ハンブルクグループのひとり、ハインツ・クハルスキーは、一九四五年四月二十日、処刑されることになっていた。だが、連合軍はすでにその日、ドイツ中央部にまで入ってきていた。クハルスキーは処刑地に移されるとちゅうで空爆にあい、そのあいだにナチスの手からのがれることができた。

・・・

「わたしたちのしたことは、やがて大きな波を起こす」ゾフィーは両親と最後に会っ

4年以上にわたってナチスに占領されていたパリが、自由フランス軍のシャルル・ド・ゴール将軍とその軍隊に率いられた連合国軍によって解放されたことを喜ぶ群衆、1944年4月26日。パリに駐留していたドイツ軍の司令官は、パリの歴史的建造物を吹き飛ばしパリの町を焦土と化せ、というヒトラーの命令を無視した。

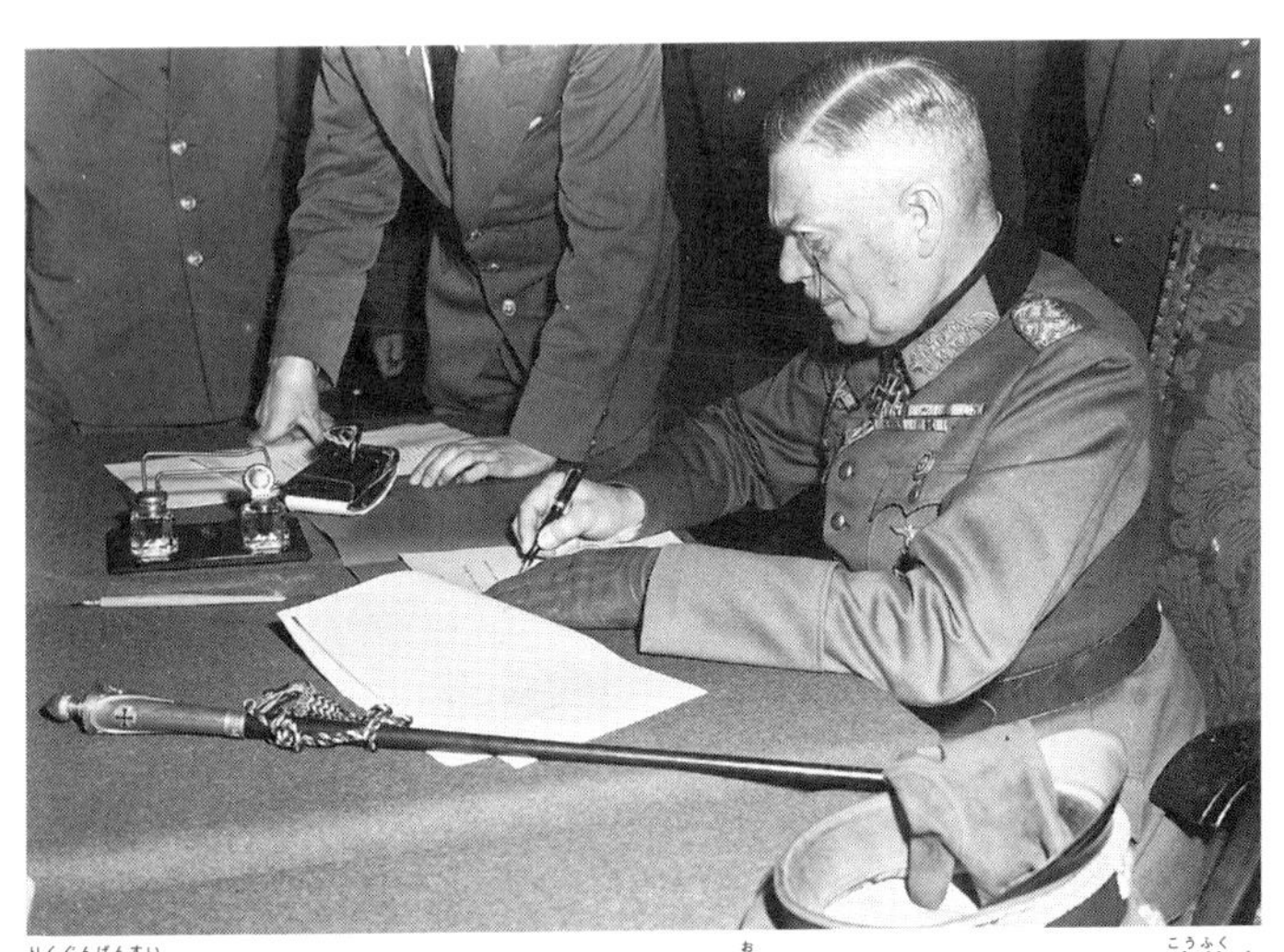

陸軍元帥ヴィルヘルム・カイテルはサーベルを置いて、ベルリンでドイツの降伏文書に署名した、1945年5月8日。ドイツは前日の7日に連合軍に降伏していた（フランスのランスで降伏文書に調印）が、ソ連の指導者スターリンはベルリンでも降伏の儀式を行うべきだと主張していた。

たときに、そう語っていた。白バラのメンバーたちは、今では第二次世界大戦の伝説的英雄に加えられている。白バラのメンバーについて本が書かれ、映画がつくられた。オペラ『白バラ』は世界の名だたるオペラハウスで上演され、スタンディング・オベーションを受けている。ドイツでは、数百の学校や広場、通りに、白バラとそのメンバーたちを記念した名前がつけられている。

　ミュンヘン大学正面入り口前の広場は「ゲシュヴィスター・ショル・

プラッツ」と呼ばれている。大学入り口の正面には、石畳の歩道に落ちてきた白バラのビラをイメージした、セラミックタイルの記念碑がつくられている。通りをひとつわたったところにある広場は「プロフェッソァー・フーバー・プラッツ」と名づけられている。

日の光がふりそそぐ玄関ホール——用務員のヤーコプ・シュミットが三階バルコニーから落ちてくるビラを見た場所——には、ブロンズでできたゾフィー・ショルの胸像が立ち、花の絶えることがない。玄関ホールのすぐ近くにある白バラ記念

ミュンヘン大学広場は現在、「ゲシュヴィスター・ショル・プラッツ」（ショル兄妹広場）と呼ばれている。

館は、白バラの精神を決して忘れないという誓いのもと、生き残ったメンバーや親族によって、一九八七年に建てられた。記念館の職員は白バラ財団の有志がつとめている。写真や展示品―日記や手紙、ハンスのタイプライターをふくむ白バラのメンバーの所有物など―を通して、わたしたちは学生たちによる抵抗運動の真実を知ることができる。

白バラ記念館には、世界じゅうからたくさんの人たちが、勇敢な理想主義者であった白バラのメンバーに敬意を表しにやってくる。学生たちは、多くの人たちがナチスに言われるままに行動したり、ただ目をそむけたりしているときに、抵抗せずにはいられない気持ちにかられて行動した。「わたしは考えてしまいました」アメリカのペンシルベニア州ヨーク市からやってきた十六歳の若者は言う。「はたして今の時代に、自分が正しいと思うことのために立ち上がる人などいるでしょうか」

白バラのメンバーにとって、抵抗運動は良心の問題だった。

「わたしは心の底からの声にうながされ、行動しないわけにはいかないから行動した

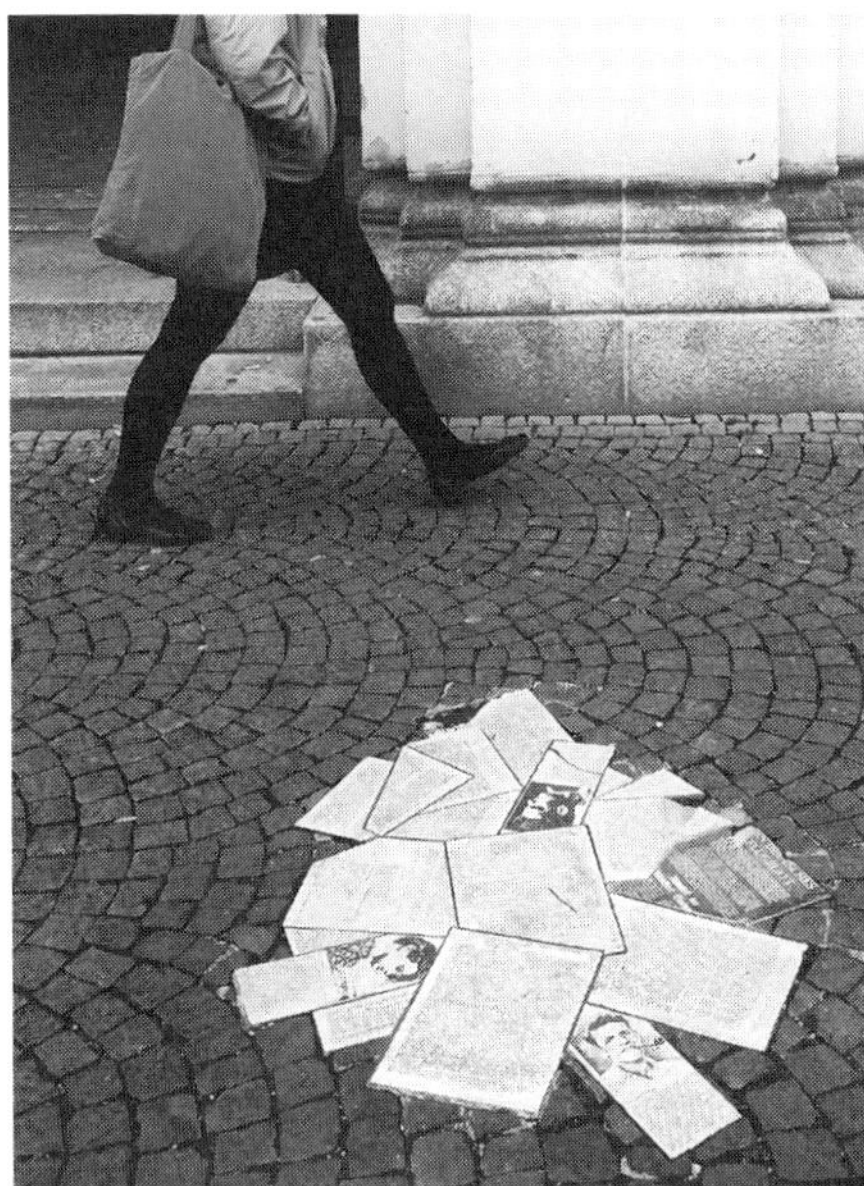

ミュンヘン大学正面にある白バラの記念碑。石畳の歩道にセラミックのタイルで、まき散らされた白バラのビラがえがかれている。

までだ」クルト・フーバーは裁判で述べている。

「ぼくはほんとうの自分を知りたいと思っている」ハンスは抵抗運動にかかわる数年前に書いている。「だって、自分のことをこれっぽっちも知らないんだもの。知りたいと思えばきっと、ほんとうの自分がわかるはずだ」

そして、ゾフィーも書いている。「わたしたちはみな自分の規範というものを内に秘めている。ただ、それをつきつめて探していないだけ。たぶん、もっときびしい規範だから」

・・・

キリスト教の殉教者、聖ディオニシウス（聖ドニ）は紀元二五〇年ころ、首をはねられたあと、落ちた自分の首を拾いあげ、それを持って、数マイルの道を説教しながら歩いたと伝えられている。この行為はこれまでずっと奇跡とされてきた。

白バラ抵抗運動と、それに殉じて首をはねられた人たちの話は、奇跡はほんとうに起こるということを、わたしたちに教えてくれる。わたしたちは今もなお、権力(けんりょく)に対して真実を訴(うった)えている彼(かれ)らの声を聞くことができる。だれもその口をふさぐことはできない。

ハンスの携帯用タイプライター。

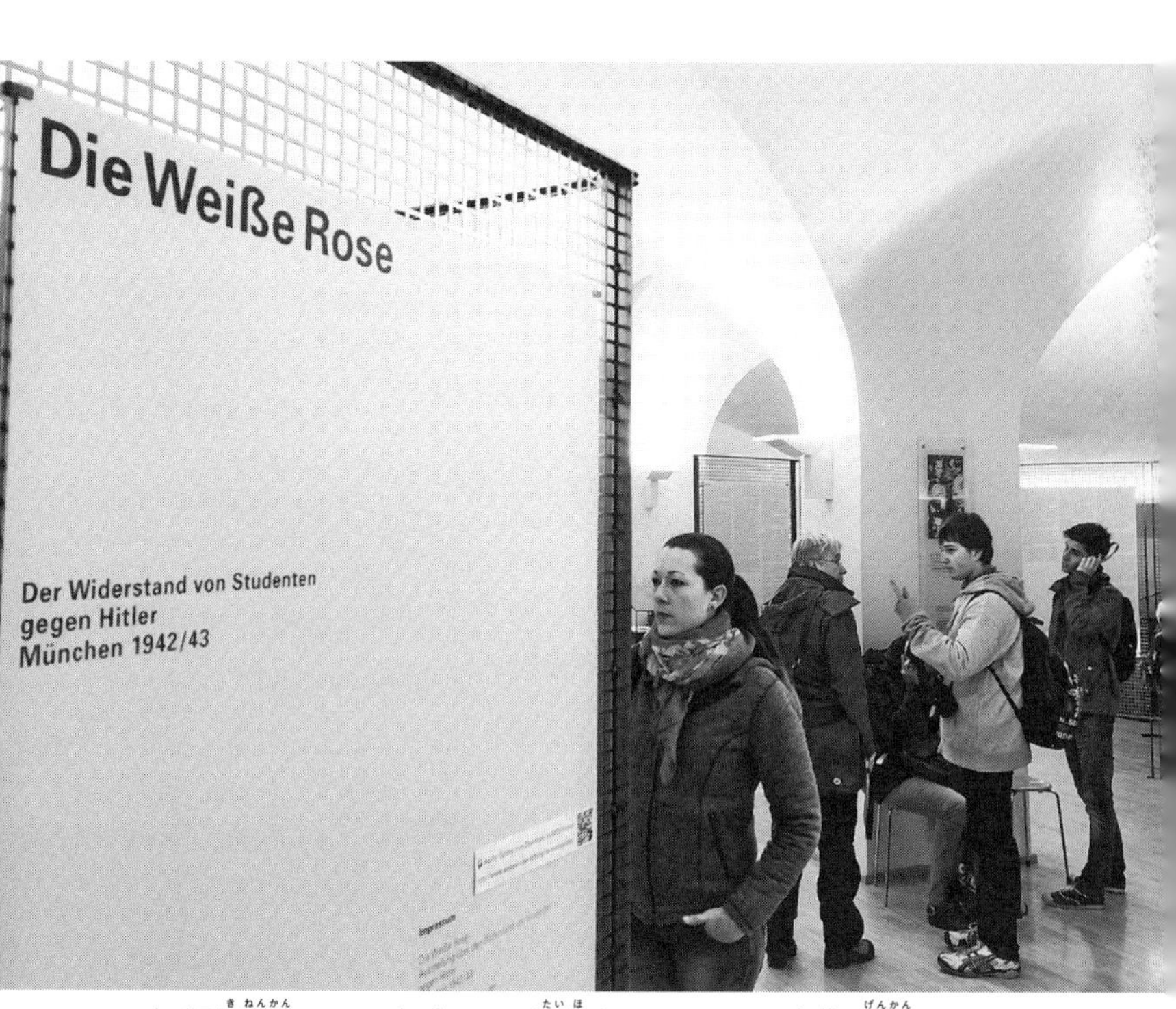

白バラ記念館。ハンスとゾフィーが逮捕されたミュンヘン大学の玄関ホールのすぐそばにある。

WE WILL NOT BE SILENT by Russell Freedman
Copyright © 2016 by Russell Freedman
Published by special arrangement with Clarion Books,
an imprint of Houghton Mifflin Harcourt Publishing Company
through Tuttle-Mori Agency, Inc., Tokyo

Picture Credits
akg-images/PPS:cover(Weisse Rose movement),frontispiece,8,23,27,56(Portrait of Sophie Scholl,Portrait of Alexander Schmorell),75,77,80,113
Bridgeman/PPS:56(Portrait of Christoph Probst),61
Evans Chan:cover(White Rose memorial on pavement),
72,97,99,104,131,133,136,137
Foto Georg Ebert, Berlin:37
Library of Congress:12,20,30,57,81,91,125,129,130
Library of Congress/Public Domain:92
National Archives:14,46,48,50,83
U.S. Holocaust Memorial Museum/Courtesy of National Archives:33,43
U.S. Holocaust Memorial Museum/Courtesy of Solomon Bogard:107
White Rose Museum:68
Wikipedia/Creative Commons:62,121
Wikipedia/German Federal Archives:53,115
Wikipedia/public domain:56(Portrait of Willi Graf),63

著 ——— ラッセル・フリードマン
1929年生まれのノンフィクション作家。これまで、ニューベリー賞、ニューベリー賞オナーブック3回、ロバート・F・サイバート知識の本賞、子ども向けのすぐれたノンフィクションに与えられるオービス・ピクタス賞など数々の受賞歴がある。本書も、ロバート・F・サイバート知識の本賞オナーブックに選ばれている。邦訳書に『リンカン―アメリカを変えた大統領』、『ライト兄弟―空を飛ぶ夢にかけた男たち』（ともに偕成社）などがある。ニューヨーク市在住。

訳 ——— 渋谷弘子（しぶやひろこ）
東京教育大学文学部卒業。27年間県立高校で英語を教えたのち、翻訳を学ぶ。主な訳書に、『席を立たなかったクローデット』『ぼくが5歳の子ども兵士だったとき』『セルマの行進』（ともに汐文社）、『忘れないよリトル・ジョッシュ』『君の話をきかせてアーメル』（ともに文研出版）、『いたずらっ子がやってきた』（さ・え・ら書房）などがある。群馬県在住。

装丁　小沼宏之

正義の声は消えない
反ナチス・白バラ抵抗運動の学生たち

2017年7月　初版第1刷発行

著	ラッセル・フリードマン
訳	渋谷弘子
発行者	小安宏幸
発行所	株式会社 汐文社 東京都千代田区富士見1-6-1 富士見ビル1F　〒102-0071 電話03-6862-5200　FAX03-6862-5202
印刷	新星社西川印刷株式会社
製本	東京美術紙工協業組合

ISBN978-4-8113-2387-9
乱丁・落丁本はお取り替えいたします。
ご意見・ご感想はread@choubunsha.comまでお寄せ下さい。